人间有味是清欢

林清玄 作品

作家出版社

（京权）图字：01-2017-0162

图书在版编目（CIP）数据

人间有味是清欢 / 林清玄著. -- 北京：作家出版社，2019. 11

（林清玄经典散文）

ISBN 978-7-5212-0437-7

Ⅰ. ①人… Ⅱ. ①林… Ⅲ. ① 散文集 - 中国 -当代 Ⅳ. ①I267

中国版本图书馆CIP数据核字（2019）第050672号

人间有味是清欢

作　　者：林清玄
责任编辑：省登宇
装帧设计：粉粉猫
封面绘图：syzhenyu
出版发行：作家出版社有限公司
社　　址：北京农展馆南里10号　　**邮　　编：**100125
电话传真：86-10-65067186（发行中心及邮购部）
　　　　　86-10-65004079（总编室）
E-mail:zuojia@zuojia.net.cn
http://www.zuojiachubanshe.com
印　　刷：河北画中画印刷科技有限公司
成品尺寸：142×210
字　　数：210千
印　　张：11.25
版　　次：2019年11月第1版
印　　次：2019年11月第1次印刷
ISBN　978-7-5212-0437-7
定　　价：42. 00元（精）

目　录

CONTENTS

序

生命的减法

坐在京都一座古老的寺院，静静地看一位老人整理白石的庭院。

老人须发皆白，穿着忍者一样的黑色布衣，手里拿着一支八爪的铁耙子。

庭院铺满白石，白石的中央是一棵苍劲的黑松，黑松的右侧是一个巨大的可以供人平躺的巨石。

老人细心地、沉静地，用铁耙子沿着黑松与巨石画着曲线。

曲线慢慢形成海浪，海浪一波一波地涌向我，我坐着的石椅也随之落入“海”中，成为白石沿岸的一个波块。

我和黑松、巨石一起落入白石之海，这是多么的神奇呀！我们不只落海，也落入了纯粹、简单、清寂的境界。

我一直喜欢日本的白石庭院，据说这种美感是来自唐朝、受到禅宗影响的美感经验。

它的美感来自两个启示：

一是生命的减法，一棵松，一颗石头，一块白石，减而又减，直趋空寂，围绕白石的是天地，乾坤朗朗，人变成渺小的存在。

“我”这么微不足道，又有什么好计较的？

第二个启示，是无限的想象，曲线所扒出的，像海洋的波浪。如果扒成直线呢？就变成了阡陌交错的田园。如果扒成白石堆，就成为一座一座小山；或者堆成固状，立刻飞升，成为天上的白云……

一个白石庭院，是宜于想象的，扒石头的老人是随兴创作的艺术家，每天每天，把自己的心情投射在白石上，画出令人感动的线条。

我坐着，看老人整理庭院，不禁痴了。想起年轻时追寻生命的繁盛，到中年时代，繁华落尽见真淳，直到花甲之后，才舍弃了幻化的繁华，回归到极简，在单纯之中看见美。

生命若减到极简，一只蝴蝶就能找到无限的花园，一棵树里就有美丽的江山，一朵云就是无垠的天空……

回到最简最初的本心

我坐在院子里喝茶，是广州朋友送我的白茶。

“白茶”有一种特别的清甜，比一般的茶更为淡定，还能欣赏介于绿与白的茶叶，在芥末黄的茶中飘浮。

喝到后来，人茶合一，几疑自己也化为一片茶叶，在空中飘浮。“茶”这个字真好，是“人在草木中间”，因此，不知人生沧桑，无法品味茶的真味；而不识茶滋味，也无法悟人生。

我想到，陆羽《茶经》里说的“茶最宜精行俭德之人”，后来茶道传到日本，发展出“和敬清寂”的茶道精神。

品味茶道的人，要回到最简最初的本心，“精行俭德”和“和敬清寂”都是在说，当我们把外在的复杂放下之后，内心自然就丰盛起来。我们会精进、勤勉、俭朴，而有道德；我们也会和谐、诚敬、清澈，而寂静了。

内心那个小宇宙，原本就是圆满，只因为生活的竞逐，变得纷乱了，现在回到一杯茶，就能连接大宇宙，与自然同呼吸、与天地共流转了。

品茶是这样，品人生也是如此。

我时常回想起，十四岁离开家乡的情景，背着母亲为我准备的小布包，里面只有一套换洗的衣服。那时什么都没有，却也无所畏惧，两脚踏翻尘世路，一肩担尽古今愁，只要向前奔行，一定会走出一条路。

生活中苦难还会少吗？生命中挫折还会少吗？

苦难与挫折来的时候，我会想到自己少年的背影，“大不了，就回到背一个小布包的时代，有何可怕呢？”

昨日愈来愈长，明日愈来愈短！

回忆的容量愈来愈大，希望的容量愈来愈小。

来日方短，去日苦多，这才是令人悲怆的。

但是，秉持茶道的精神，尽心尽意，一心一意，心与意都极简了，一杯茶里就有无尽之意，一朵花里就有无限的缠绵，一静定时就有无边的远方。

一啄一食，莫非前定；一哭一笑，皆是因缘。

放下吧！息心即息灾，心净国土净！现在放下是自己做主，以后被放下就不是自己了！

只要心中有情

几十年来，我总喜欢“清欢”这个词语。

简单地说，“清”是清净、清淡、清澈，“欢”是欢喜、欢乐、欢愉。

那是不受物质束缚的，也是没有外在条件的。

是发自内心的一种情意，青山的妩媚、白云的飘游、日影的迷离、花朵的展颜、苍鹰的飞翔、爱人的笑语、老友的重逢、历尽劫波相逢的一笑、奔赴红尘燃烧的热情……

只要心中有情，处处在在都有清欢，都有小小而确定的幸福。

多年前，我曾写一首偈，来表达这种幸福：

十年夜雨心不冷，
百鸟飞远天不远，
千山越过水不竭，
万花落尽春不尽。

十百千万，日益繁盛，现在送给读到这本书的有缘的读者，内心永远繁盛丰美。

林清玄

二〇一七年新春

台北双溪清淳斋

第一辑　人间有味是清欢

人间有味是清欢

我从小学时代就爱读苏东坡。非常奇特的是，当时读古文都不懂，唯独苏东坡，一读就懂。原因应该是，不管是诗词、文章，苏东坡总是用最简单的文字描写最深刻的情感。

因为文字简单，大人小孩都能感动；因为情感深刻，每次读都能读到不同的境界。更重要的原因是，苏东坡是生活家，他的写作是植根于生活的，他把儒家、佛家、老庄的思想荟萃于生活，表达了一种随缘自足的生命观。

苏东坡的一生，只在青壮时期过了一段富裕的日子，后来几乎都在颠沛流离中度过，常常连饭都吃不饱，“空庖煮寒菜，破灶烧湿苇”“牛羊烦诃叱，筐筥未敢睨”，穷到连收成的箩筐都不敢多看一眼。

不论多么困窘，苏东坡总是不改落拓旷达的性情，写出了境界高妙、文采风流的作品。剥落世俗的外表，苏东坡的生活非常丰富，诗词文章不在话下，他懂得饮茶、喜欢美食、善于烹饪、能书能画，还有很多很多好朋友……

他的生活太丰富了，所以几乎每天都写作，我从前读《东坡全集》感到吃惊，里面有三千七百多首诗、三百多阕词、无数优美的散文，以及见解精到的论文。他创作的数量远远超过这些，只可惜很多没有流传下来！

当苏东坡穿着草鞋、拄着竹杖在小路散步，自己觉得全身轻松，比骑马还舒适，他说："人间有味是清欢。"

"清欢"是生命的减法，在我们舍弃了世俗的追逐和欲望的捆绑，回到最单纯的欢喜，是生命里最有滋味的情境。

在燥热的暑天喝一杯茶。

在雪夜的风中看一盏烛火。

在黄昏的晚霞里观夕阳沉落。

在蝉声高唱的树林里穿行。

在松子掉落的深夜想起远方的朋友。

在最高的山上突然思念着兄弟。

在落下的一根白发里，浮出一生最爱的面容。

在明月遍照的松岗，希望全世界的人都能欣赏同一轮明月呀!

……

在我贫困的童年时代、颠踬无依的少年时代、踽踽独行的青年时代，我还能向往生命的美好，一直保持单纯的初心，因为我相信“人间有味是清欢”。

清欢，永远不会失去，只要我们不俗。

可以预约的雪

东部的朋友来约我，到阳明山往金山的阳金公路看秋天的菅芒花。说是在他生命的印象中，春天东部山谷的野百合与秋季阳金公路的菅芒花，是台湾最美丽的风景。

如今，东部山谷的野百合，因为山地的开发与环境的破坏，已经不可再得，只剩下台湾北部的菅芒花是唯一可以预约的美景。

他说："就像住在北国的人预约雪景一样，秋天的菅芒花是可以预约的雪呀！"

我答应了朋友的邀约，想到两年前我们也曾经在凉风初起的秋天，与一些朋友到阳明山看菅芒花。

经过了两年，菅芒花犹如预约，又与我们来人间会面。可是同看菅芒花的人，因为因缘的变迁离散，早就面目全非了。

一个朋友远离乡土，去到下雪的国度安居。

一个朋友患了幻听，经常在耳边听到幼年的驼铃。

一个朋友竟被稀有的百步蛇咬到，在鬼门关来回走了三趟。

约我看菅芒花的朋友结束了二十年的婚姻，重过单身汉无拘无束的生活。

我呢！最慈爱的妈妈病故，经历了离婚再婚，又在45岁有了第二个孩子。

才短短的两年，如果我们转头一看、回顾四周，两年是足以让所有的人都天旋地转的时间了，即使过着最平凡安稳生活的人，也不可能两年里都没有因缘的离散呀！即使是最无感冷漠的心，也不可能在两年里没有哭笑和波涛呀！

在我们的生命里，到底变是正常的，还是不变是正常的?

那围绕在窗前的溪水，是每一个刹那都在变化的，即使看起来不动的青山，也是随着季节在流变的。我们在心灵深处明知道生命不可能不变，可是在生活中又习惯于安逸不变，这就造成了人生的困局。

我们谁不是在少年时代就渴望这样的人生：爱情圆满，维持恒久；事业成功，平步青云；父母康健，天伦永在；妻贤子孝，家庭和乐；兄弟朋友，义薄云天……这是对于生命“常”

的向往。但是在岁月的拖磨里，我们逐渐看见隐藏在“常”的面具中那闪烁不定的“变”的眼睛。我们仿佛纵身于大浪，虽然紧紧抱住生命的浮木，却一点也没有能力抵挡巨浪，只是随风波浮沉。也才逐渐了解到因缘的不可思议，生命的大部分都是不可预约的。

我们可以预约明年秋天山上的菅芒花开，但我们怎能预约菅芒花开时，我们的人生有什么变化呢?

我们也许可以预约得更远，例如来生的会面，但我们如何确知，在三生石上的，真是前世相约的精魂呢?

在我们的生命旅途，都曾有过开同学会的经验，也曾有过与十年、二十年不见的朋友不期而遇的经验。当我们在两相凝望之时常会大为震惊，因为变化之大往往超过我们的预期。我每次在开同学会或与旧友重逢之后，心总会陷入一种可畏惧的茫然，我畏惧于生之流变巨大，也茫然于人之渺小无奈。

思绪随着茫然跌落，想着：如果能回到三十年前多好，生命没有考验，情爱没有风波，生活没有苦难，婚姻没有折磨，只有欢笑、狂歌、顾盼、舞踊。

可是我也随之转念，真能回到三十年前，又走过三十年，不也是一样的变化、一样的苦难吗？除非我们让时空停格、岁月定影，然而这是完全不可能的。

深深去认识生命里的“常”与“变”，并因而生起悯恕之心，对生命的恒常有祝福之念，对生命的变化有宽容之心。进而对自身因缘的变化不悔不忧，对别人因素的变化无怨无尤。这才是我们人生的课题吧！

当然，因缘的“常”不见得是好的，因缘的“变”也不全是坏的。春日温暖的风使野百合绽放，秋天萧飒的风使菅芒花展颜，同是时空流变中美丽的定影、动人的停格，只看站在山头的人能不能全心投入、懂不懂得欣赏了。

在岁月，我们走过了许多春夏秋冬；在人生，我们走过了许多冷暖炎凉。我总相信，在更深更广处，我们一定要维持着美好的心、欣赏的心，就像是春天想到百合、秋天想到芒花，永远保持着预约的希望。

尚未看到菅芒花的此时，想到车子在米色苍茫的山径蜿蜒而上，菅芒花与从前的记忆美丽相迭，我的心也随着山路而蜿蜒了。

茶　味

闲暇时为自己沏了一杯新茶，透明的玻璃杯中，叶青水绿，清新爽口，宛如水洗翡翠，伴随着水雾的轻盈升腾，清幽的茶香也随之弥漫缥缈，似有若无。倘刻意去闻，它若隐若现不留痕迹，不经意间，却清香宜人沁人心脾。

静静地观望着杯中缓缓沉浮徐徐舒展的嫩绿芽叶，那蒸腾的氤氲，恍若江南晨色里迷蒙的烟雨，透过这似烟如雾袅袅上升的水汽，眼前仿佛幻化出淡淡的水墨意韵：“水光潋滟晴方好，山色空蒙雨亦奇。欲把西湖比西子，淡妆浓抹总相宜。”

茶有好多品种，有红茶、绿茶、黄茶、白茶、黑茶、青茶等九大类型。每一种类里又包含许多，有碧螺春、龙井、毛峰、铁观音、云雾、祁红等十大名茶。如果按茶叶的形状分，更是千姿百态了，有花朵形的、茅形的、针形的、扁形的、螺旋形的……构成了一个具有各种形态美的茶叶王国，足以与人生纷繁的大千世界比拟了。

茶叶虽小，可它的形成颇为复杂，它须在阳光照耀下开花、在细雨濡湿中滋润、在云雾萦绕里成长、在慢火烈焰上烘焙，经过许多步骤的磨砺，才形成了可供品尝的茶叶。然后根据各种茶的性能，选择茶具及水冲泡时的温度。泡的过程也有讲究，一般泡茶只注入七分满的水，让茶叶在杯子里上上下下沉浮着，一缕细微的清香便缓缓地从杯子中溢出来，里面的茶叶随着沸水翻腾着，然后渐渐地沉淀下去，一杯有着独特香味的好茶才算沏好了。

闭上眼睛啜一口，细细地品茗……幡然省悟，其实人生就如一片茶叶，只有在艰难险阻中沉浮、在痛苦辛酸中磨砺，才能真正地体会到生活的原味和魅力。在那一次次的沉浮历练中，生命变得光彩照人、芳香四溢。如此，亦可以把人生的每个阶段譬喻为各色各种的茶。

少年，十几岁的人性初显露时段，在欢愉之余初识到愁的滋味，成长的岁月有了些许的烦恼，懵懂中呈现淡淡的青涩味。把其比喻为一杯柠檬茶，酸甜适口含着清香。

二十岁左右的青年时期，也是人生的一段如火如荼的季节，情怀初开，至真至纯，滋味鲜凉而气色清香。所谓的初生牛犊不怕虎，充沛的精力，初涉社会的冲劲与动力，激烈且纯真。可亮丽的青春总会有几抹灰色夹杂其中，宛如雨花茶，既象征着花的美丽、体现了雨后的清新与灿烂、散发出浓郁的馨香、让人爽心悦目，又含有茶所蕴藏的苦涩味道。

到了三十岁的而立之年，事业与家庭初有端倪，逐渐懂得了怎么样去打拼事业、如何去创造生活。就像碧螺春冲泡的茶，青翠澄明，可闻香、观色、品评。碧螺春茶叶的外形条型纤细，卷曲如螺，茸毛披覆，银绿隐翠，清香文雅，浓郁甘醇，鲜爽宜人，回味绵长，给人以轻快、柔美之感。诚如人生的黄金岁月的年龄，品尝到了清苦的茶味。阅历人生其实是一种去粗取精的过程，除去了浮躁又保持了香味。

四十岁的阶段如西湖龙井茶，挨过了人生的许多坎坷、趋向成熟的年龄。也是人生最操劳的时期，双肩须得扛起赡养老人教育子女的重担。劳作中呈现出完美，成熟中体现了坚韧，言行中涌现出高贵。看西湖龙井茶的外形似碗钉，扁平光滑、尖削挺透，滋味甘鲜醇和，香气幽雅清高，汤色碧绿清莹，叶底细嫩成朵，如花瓣一般清香孤傲，缭绕回转中归于简单，似翡翠玉片一样光辉明丽，给人以质朴、端庄、亲近于人的感觉。

步入五十岁的人生则像乌龙茶，综合了绿茶和红茶的制法，其品质介于绿茶和红茶之间，既有红茶的浓郁味，又有绿茶的芳香，并有“绿叶红镶边”的美誉。适合用小巧的功夫茶具品饮，冲泡后，有天然的兰花香，先闻香，后品味，品尝后齿颊留香、滋味纯浓，顿觉满口生津、回味甘醇。诚如此年龄已经事过千万，不需过分显露，真情自然涌出，成了收藏时间和珍惜情感的茶客。人生季节逐渐进入了淡泊阶段，历经了岁月磨炼，开始磨炼岁月。对人生中的某些事情已经能够看开、感悟，如茶的人生把一次次的记忆沉淀在心里，珍惜着自己的选择，用自己的方式饮着茶。而那酽酽的茶已构成心中的一幅风景名画。

等进入了六十岁以后的年龄，如银针白毫抑或寿眉茶，聚众茶的甘香浓郁于一体。饱尝岁月风霜雨雪，收日月之精华，经自然调和，滋味浓厚。不必见人，只要其一点一滴，便可以勾勒出全部风华，人性已飘荡其身形之外，与天地山水合一。或许人生最不值得炫耀的资本就是年龄了，但仔细想一想正是由于年龄的缘故，才让我们真正品味其中的神韵。人生如茶，就连最深切的痛苦、刻骨铭心的情愫经过岁月的流逝净化，如同一首经典老歌的旋律让人久久不能忘怀，但留下的都是沉淀了的淡然。无论是什么样的情感体验，当它趋于平淡之时，才是最稳定的人生真味。幸福也淡，痛苦也淡，历经了岁月的沧桑之后，感悟到平平淡淡才是真，开始用洞察的神情观赏花开花谢，用平静的眼睛注视阴晴圆缺。生命中多了几分睿智、少了几分激动，含蓄的人生给予了众多的经验和思考。

三毛说过："人生如茶，第一道茶苦若生命，第二道茶香似爱情，第三道茶淡如清风。"品茶亦是在品味人生。悟出事业如茶，它有苦有涩更有苦尽甘来的甜蜜；友情如茶，浓时太苦，淡时悠悠，品茗之后，回味绵长，意犹未尽；爱情如茶，恋爱时的苦涩与甜蜜、相思和缠绵，正如一杯新茶，色泽诱人，馨香扑鼻；而婚姻的味道，犹如功夫茶：苦、涩、凉、甜，个中滋味，如何细说？

泡茶时不同的回合要把握好开水浸泡茶的时间，时间长了，茶会变苦；时间短了，茶则变淡。这里需要对泡茶有一定的了解和自己长期积累的经验总结。正如人生的机遇，一个人成功的奥秘在于他随时准备着迎取到来的机会，准备的过程即是了解及磨炼的过程，只有已经具备一定的了解磨炼才称得上准备，当机遇真正来临时，可以有备而上。快了则时机不成熟，慢了会失之交臂，其中所掌握的度的原则当然与一个人的阅历有很大的关联。

上等的茶叶，优质的泉水，加上恰当的火候，还要有冲泡的本领才得以成一杯好茶。成功辉煌的人生也必定具备几方面的素质：高尚的道德情操、一定的才华修养，加上良好的人际关系和自己“世事洞明，人情练达”的社会生活驾驭本领。不同的茶叶泡出不同的茶味，低劣下等的茶叶只能泡出苦涩无味的茶，而优质上等的茶叶则泡出香醇宜人的好茶。

人生之路上，浸泡在人生这杯茶里，人生的苦涩最终何尝不是唇齿留香呢？阴晴圆缺，是月的轮回；悲欢离合，是人生的情结。既然是生活，我们就不能拒绝人生的苦涩；既然要追求，那么我们就继续坚持那份执着。人生如同独酌一杯酽酽的茶，体味人生的滋味如同在品尝一杯浓浓的茶。

人生如茶，可以浓烈亦可淡雅，等到夕阳迤逦余辉映照之时，举杯品人生这杯茶，清冽香醇，虽稍觉茶韵清苦，细细回味之中却有着不尽的甘甜。人生若得此意境，夫复何求？捧着、观着、品着会让人感觉到在这淡泊中浸润了几分恬静。天籁中，飘来几分芳馨，似乎生命也随之摆脱了虚荣与浮躁，走向超然的极致。啜一口清茶，等待心中的渴望和来自遥远的感应，等待人生又一个漂流，等待生命的绿荫释放。如茶色清澈的思绪似泻银般朦胧的月光，在无垠的夜间缓缓洒下，浸入我心深处。感觉这杯子里面浸泡的茶叶，亦如我看似简单的人生，在这浅浅的平淡里，已经储存了多少的期盼与坎坷。

起身再泡一杯茶，仔细地观察着又演练一遍。明亮的杯中，几片黄绿色的毛尖，等待着涅槃的洗礼，静静期盼着灵魂瞬间的蜕变。热浪袭来，沸点和欢腾相击，旧痛和新伤浮起，在水深火热的挣扎里，幸福和忧伤、欢愉和哀鸣一起涌来，释放出了自己全部的身心，开始了慢慢伸展变绿的过程，一缕淡淡的清香弥漫着直入鼻翼。“趣言能适意，茶品可清心”，手捧一杯茶，品味其中的滋味。面对着这样一份不落喧嚣的幽静，心也如茶汤般渐渐地清澄起来。

茶的品尝，引人思索。确实，人生的滋味尽显于茶，品尝茶亦是对人生的体味感悟。茶如人生，人生如茶。

不封冻的井

和一位朋友到一家店里叫了饮料，朋友喝了一口忍不住吃惊地赞叹起来，“这是什么东西，这么好喝？”

“这是木瓜牛奶呀！”我比他更吃惊。

“木瓜牛奶是什么做的？”

“木瓜牛奶就是木瓜加牛奶，用果汁机打在一起做成的。”

“是呀！这是我第一次喝到木瓜牛奶。”朋友理直气壮地说。

真是不可思议的事，对我来说，一个人在台湾生活了三十年而没有喝过木瓜牛奶，就仿佛不是台湾人一样，对我的朋友却是自然的，因为他是世家子弟，家教非常严格，从小自由非常有限，甚至不准在外面用餐的。当然，他们家三餐都有佣人打理，出门有司机，叠被铺床都没有自己动过手，更别说洗衣拿扫把了。

到三十岁才有一点点自由，这自由也只是喝一杯路边的木瓜牛奶汁而已。

对生长在台湾南部贫困乡村的我，朋友像是来自外太空的人，我们过去的生活几乎没有重叠的部分。在乡下，我们生活的每一分钱都是流汗流血奋斗的结果，小孩还没有到上学的年龄就要下田帮忙农事，大到推动一辆三轮板车，小至缝一枚掉了的扣子，都是六七岁时就要亲手去做的。而小街边的食物便是我们快乐的源泉，像木瓜牛奶这么高级的东西不用说，能喝到杨桃水、绿豆汤已经谢天谢地，纵使是一支红糖冰棒，或一盘刨冰，就能使我们快乐不止了。

有时候我们不免也会羡慕有钱人家的小孩，但当我们知道有钱人的孩子不能全身脱光到溪边游泳，或者下完课不能在田野的烂泥里玩杀刀的时候，我们都很同情有钱人的孩子。

在我们那个年代的农村里，孩子几乎没有任何物质的欲望，因为则刚，到后来我们即使赤着脚、穿破衣去上学，也充满了自信和快乐。

这其实没有什么秘诀，只是深信物质之外，还有一些能使我们快乐的事物不是来自物质。而且对这个世界保持微微喜悦的心情，知道在匮乏的生活里也能有丰满的快乐，便宜的食物也有好吃的味道，小环境里也有远大的梦想——这些卑中之尊、贱中之美、小中之大，乃至丑中之美、坏中之好，都是因微细喜悦的心情才能体会。

在夏天里，我深信坐在冷气房里喝冰镇莲子的美味，远远比不上在田中流汗工作，然后在小路上灌一大碗好心人的“奉茶”，奉茶不是舌头到喉管的美味，而是心情互相体贴而感到的欢喜。

在禅宗的《碧岩录》里有一个故事，德云禅师和一位痴圣人一起去担挑积雪，希望把井口埋起来，引起了别人的讪笑。当然，雪无法把井口埋住是大家都知道的，德云法师为什么要担雪埋井呢？他是启示了一个伟大的反面教化：只要你心底有一口泉涌的井，还怕会被寒冷的雪封埋吗？

“不封冻的井”是一个多么深邃的启示，它是突破冷漠世界的挚情，是改变丑陋环境成为优美境地的心思，是短暂生命里不断有活力萌芽的救济。

心井永不封冻，就能使我们卓然不群，不随流俗与物欲转动了。

在路边自由地喝杯木瓜牛奶，滋味不见得会比人参汤逊色呀！

养着水母的秋天

从南部的贝壳海岸回来，带回来两个巨大的纯白珊瑚礁石。

由于长久埋在海边，那白色珊瑚礁放了许多天都依然润泽，只是缓慢地褪去水分，逐渐露出外表规则而美丽的纹理。但同时我也发现，失去水分的珊瑚礁仿佛逐渐失去生命的机能，连色泽也没有之前那样精灿光亮了。当然，我手里的珊瑚礁不知道在多久以前已经死亡，由于长期濡染海浪的关系，使它好像容蕴了海的生命，不曾死去。

为了让珊瑚礁能不失去色泽与生机，我把它们放进一个巨大的玻璃箱里，那玻璃箱原是孩子养水族的工具，在鱼类死亡后已经空了许久。我把箱子注满水，并在上面点了一只明亮的灯。

在水的围绕与灯的照耀下，珊瑚礁重新醒觉了似的，恢复了我在海边初见时那不可正视的逼人的白色，虽然没有海浪和潮声，但它的饱满圆润如同在海边一样。

我时常坐在玻璃箱旁，静静地看着这两块在海边极平凡的礁石，它们虽然平凡，但是要找到纯白不含一丝杂质、圆得没有半点欠缺的珊瑚礁也不容易。这种白色的珊瑚礁原是来自深海的生物，在它死亡后被强劲的海浪冲击到岸上来，刚上岸的时候它是不规则的，要经过千百年的冲刷，才使它的外表完全被磨平，呈现出白玉一般的质地。

圆润的白色珊瑚礁形成的过程，本身就带着一些不可思议的神秘气息，宜于时空的联想。在深海里许多许多年，在海浪里被推送许多许多年，站在沙岸上许多许多年，然后才被我捡拾。如果我们从不会见，再过许多许多年，它就粉碎成为海岸上铺满的白色细砂了。面对海的事物，时空是不能计算的，一粒贝壳砂的形成，有时都要万年以上的时间。因此，我们看待海的事物——包括海的本身、海流、海浪、礁石、贝壳、珊瑚，乃至海边的一粒砂——重要的不是知道它历经多少时间，而是能否在其中听到一些海的消息。海的消息？是的，就像我坐在珊瑚礁的前面，止息了一切心灵的纷扰，就听到了从最细微处涌动的海潮音，像是我在海岸旅行时所听见的一般。海的消息是不论我们离开海边多久，都那样亲近而又辽远、细微而又巨大、深刻而又永久。

有一个从海岸迁居到都市的老人告诉我，从海岸来的人在临终的时候，转身面向故乡的海，最后一刻所听见的潮声，与他初生时听见的海潮音之第一印象，是完全相同的。“所以，从海边来到都市的人们，死时都面向着海，脸上带着一种似有若无似笑非笑的苍茫神情，那种表情就像黄昏最后时刻、海上所迷离的雾气呀！”老人这样下着结论。

我边听老人的说话，边就起了迷思：那一个初生的婴儿，我们顺着他的啼声往前追索，不管他往什么方向哭，最后是不是都到了海边呢？那一个临终的老人，我们顺着他的眼睛往远处推去，不管他躺卧什么方向，最后是不是都到了海岸呢？我们是住在七山八海交互围绕的世界，所以此岸就是彼岸、彼岸就是此岸，都市汹涌的人群是潮水的一种变奏，人潮中迷茫的眼睛，何尝不是海岸上的沙呢？

对于海，问题不是我们的时空、距离、位置，问题在于我们能不能体贴海的消息。眼前的白色珊瑚礁在某些时候，确实让我想到临终时在心里听到海潮音的老人。他闭着眼睛，身体僵硬如石，石心里还有温暖的质地，那是属于海的部分，不能够改变的。

我养了那两个珊瑚礁很久以后，有一天，夜里开灯，突然看见了水面上翻滚飘浮着的一群生物，在灯光下闪动着荧光，我十分吃惊，仔细地看那群生物，它们的身体很小，小得如同初生婴儿小拇指上的指甲，身上的颜色灰褐透明，两旁则有无数像手一样的东西在划动着，当它浮动到水面，一翻身，反射灯光就放出磷火一样的光芒。它身体的形状也像一片指甲，但也像一把伞，背后还有细微几至不可辨认的黑点。

这一群不知从哪里冒出来的生物就像太空船忽然来临，使我惶惑，这到底是什么生物？是什么因缘突然出生在水箱里？我只能判别这群生物的诞生必与珊瑚礁有关，其他什么都不知道。

直到有一天来了一位懂生物的朋友，他大叫一声："哎呀！这是水母嘛！"我们坐着研究了半天，才做出这样的结论：水母是由体腔壁排卵，卵子孵化为胚以后，就会附着在海上的物体，像礁石一类，过一段时间从胚中横裂分离，就生出水母，一个胚分裂后会变成一群水母，我从海岸携回的白色珊瑚礁原来就有水母胚胎的附着，到水箱后才分裂出生了一大群小水母。

"这已经是最合理的推论了，不过，"朋友带着疑惑的表情说，“理论上，水母在淡水，尤其是自来水出生，一定会立刻死亡，不会活这么久。”我们同时把目光移向在水里快乐游动的水母，它们已经活了几十天，应该还会继续活下去。

朋友说：“有一点似乎可以解释这奇怪的现象，有些科学家实验在水中生孩子，小孩生下来自然就会游泳，反过来说，水母在淡水中生活也不是不可能。”

接下来许多日子的深夜，我都会想着水母在水箱中存活的原因，它们在水箱中诞生的时候，并不知道这世界上有海，当然也没有海的记忆，这使它可以毫无遗憾地在注满自来水的玻璃箱中生活。水母和人其实没有什么不同，今日生活在欧美严寒雪地中的黑人，如何能记忆他们热带蛮荒中的祖先呢？

水母在水箱中活着，却也带给我一些恐慌，那是因为问遍所有的鱼店，没有一个人知道如何养水母，我只好偶尔用海藻来喂它们，幸而水母也一天天长大，养了一整个秋天，每一只水母都长得像大拇指甲一样大了。自然，这些水母赢得了无数的赞叹，水族馆中任何名贵的水族也不能相比。

当我还在痴心妄想水母是不是可以长得像海面上的品种那么巨大的时候，水母就一只一只在箱中死亡，冬天才开始不久，一群水母就死光了。我找不出它们死亡的原因，是由于冬季太冷吗？海上的冬天不是比水箱更冷！是由于突然有了海的记忆吗？已经过了这么久，哪里还会在意！或者是由于某些不知的意识突然抬头而意识到自己只能在海里生存吗？

水母没有给我任何回声，我唯一能确信的，是那些水母临终的最后一刻，一定能听见海的潮声，虽然它们初生时并未听见。

水母死后，我经历了一段时间的忧伤，就像海边的渔民遇到东北季风。一直到有一天我和一群朋友相见，我指着水箱对他们说："在这个水箱里我曾经养了一群水母，养了一整个秋天。"竟没有一个人肯完全的相信，因为水箱早已空了，只剩下两块失去海色的珊瑚礁，当朋友说"骗鬼！"的时候，我才真正从隐秘的忧伤中醒来。

海潮、水母、秋天、贝壳海岸，都是多么真实的东西，只是因为时间，所以不在了。

我想到，带我去贝壳沙滩的朋友，他说："主要是去见识整个海岸布满贝壳砂的情景，捡贝壳还是小事。"最后，我没有捡贝壳，却在海岸的角落带回珊瑚礁，于是就有了水箱、有了水母，以及因水母而心情变化的秋天，还时常念记着海天的苍茫……这种真实，其实是时间偶遇的因缘。

因缘固然能使我们相遇，也能使我们离散，只要我们足够明净，相遇时能听见互相心海的消息，即使是离散了，海潮仍然涌动，偶尔也会记起，海面上的深夜，曾有过水母美丽的磷光，点缀着黑暗。

在时间上、在广大里、在黑暗中、在忧伤深处、在冷漠之际，我们若能时而真挚地对望一眼，知道石心里还有温暖的质地，也就够了。

春夏秋冬

带孩子到百货公司，到处都挂着打折的招牌。

“为什么要打折呢？”孩子好奇地问。

“因为换季了。”

“什么是换季？”

“换季就是一个季节换成另一个季节，像现在是夏天要变成秋天了，天气就要开始冷了，短袖的衣服要推销出去，所以要换季打折。”我说。

“那么，什么是夏天、什么是秋天呢？”

孩子天真地问，却使我感到吃惊，因为想不出什么叫作夏天或秋天，就决定与孩子来谈谈四季。我带着孩子找到一处可以喝咖啡的地方坐下，准备好好给他上一课。

“你记得前一阵子很热吗？一定要吹冷气才睡得着觉，这种很热的天叫夏天。”

孩子点点头。然后我说起去年我们住在乡间山上的冬天，整日寒风怒号，夜里常生一炉火，在炉边取暖，有时跑到草原去晒太阳的日子，那就是冬天了，我对孩子说，他也点点头。

“可是春天和秋天呢？”孩子说。

“春天就是冬天之后夏天之前百花盛开的时候，秋天就是夏天之后冬天之前天很蓝很高的时候。”

“爸爸，你刚刚夏天说很热，冬天说很冷，春天说到花，秋天却说到云，冷热和花云怎么能相比？到底春天和秋天冷不冷？”

“春天和秋天是不冷不热。”

“这两个都是不冷不热，到底有什么不一样？而且两个都和夏天冬天接在一起，是怎么接的？”对于孩子的问题我震了一下，我们成人觉得四季是一种自然的演变，反而很少去思考其中的相异，孩子的内心则充满疑问。

我说：“春天是比秋天温暖一点点，秋天则比春天凉爽一些。因为接在冬天后面，所以春天先冷后热，秋天是先热后凉。在春夏秋冬之间并没有界线，就好像我们爬楼梯一样，是慢慢发展的，而不是睡一觉，醒来就发现是冬天了。我们从一棵树可以看出四季，发芽的时候是春天，很绿的时候是夏天，叶子黄了是秋天，掉了叶子就是冬天！就像我们乡下路边的菩提树一样。”

孩子两只胖手撑着脸颊，专注地看着我，思考着四季的问题。突然，他的眼睛闪过一道闪光，叫着说：“我知道了，我知道了，春天和秋天是比较凉爽的夏天，还有比较温暖的冬天！”

孩子眼中的闪光一下穿进我的心坎，是呀，其实四季、时间、生命、轮回都没有断灭相，春夏秋冬是以一种绵密的姿势向前推进着，我们所见到的一切断灭是我们的分别，在孩子的眼中，是一片纯净，春天是凉的夏季，秋日是温暖的冬天，这使得四季都变得亲切可喜了。

“爸——”我又陷进不可救药的玄想中，孩子摇着我的手说，“在这个比较凉爽的夏天，你可不可以请我吃一个冰淇淋？”

带孩子去买冰淇淋，我买了两份，自己也吃了一个，吃的时刻感觉到生命真好，就在此刻，秋天已经来了，正是较凉的夏与较温暖之冬。

冬天也快来了，从秋天再往台阶上跳一格，冬天也只是很凉快很凉快，像坐在冷气房中的夏季吧！事无定相，因缘如流，如果在心里有春天，那么夏天是较温暖的春天，秋天是较清爽的春天，冬天是较凉快的春天，日日好日，季季如春，我们就能雀跃欢腾一如赤子，有了冰淇淋吃的孩子已经完全忘记春夏秋冬的争辩，看着孩子，我心里突然浮起一首诗：“终日寻春不见春，芒鞋踏破岭头云；归来偶遇梅花下，春在枝头已十分！”

一个人到处去找春天，找到草鞋都踏破了，才发现春天是在梅花盛开的内部，春是冬的接棒者，是从最寒冷的地方起跑的。

这样想，就会知道无门慧开禅师关于四季的偈是多么充满了智慧：

春有百花秋有月，夏有凉风冬有雪；
若无闲事挂心头，便是人间好时节。

以夕阳落款

开车走麦帅二桥，要下桥的时候，突然看到西边天最远的地方，有一轮紫红色饱满而圆润的夕阳。那夕阳美到出乎我的意料，紫红中有一种温柔震慑了我的心，饱满而圆润则有一种张力，温暖了我连日来被误解的灰暗。

我突然感到舍不得，舍不得夕阳沉落。

我没有如平日一样，下桥的第三个红绿灯左转，而是直直地向西边的太阳开去。

我一边踩着油门，一边在心里赞美这城市里少见的秋日夕阳之美，也一边为夕阳沉落的速度感到可惊。

仿如拿着滚轮下最陡的斜坡，连轮轴都没看清，滚轮已落在山脚。夕阳亦是如此，刚刚在桥上还高挂在大楼顶方的红色圆盘，一坠一坠，迅即落入路的尽头。

就在夕阳落入不见的那一刹那，城市立即蒙上了一片灰色的黯影，我的心也像石头坠落湖心，石已不见，一波一波的涟漪却泛了起来。

我猛然感受到两个可怕的想法：我每天都在同一个时间走同一条路到学校接孩子放学，为什么三个月来都没有看见美丽的夕阳？如果我曾看见夕阳，为什么三个月来完全没有感觉？

这两个想法使我忍不住悲哀。在前面的三个月，我就像一棵树，为了抵挡生命中突来的狂暴风雨，以免树下的几棵小树受伤，竟日在风雨中摇来摇去。根本没有时间抬头看看蔚蓝的天空，更不用说一天中只是短暂露脸的夕阳了。

我为自己感到悲伤，但是更悲伤的是，想到这城市里，即使生命中没有风雨，也很少有人能真心欣赏这美丽的夕阳吧！

每天黄昏时开车去接孩子，会打开收音机以排遣塞车的无聊，才渐渐发现，黄昏时刻几乎所有的电台都是论说的节目。抒情的、感性的节目，在下午四点以后就全部阵亡了。

论说的节目几乎无可避免地有一个共同的调子，就是批评，永不停止的批评。

我常常会想：在黄昏的时候，一天的工作已结束，心情应该处在一种欢喜与柔美，沉浸于优美的音乐。然而几乎所有的节目都在论说，永不停止地议论，是不是象征着整个城市在黄昏时，美好的感觉也都沦亡了呢？

想要换个电台、换一种感觉，转来转去却转不出忧伤。最后，只好又转回我最喜欢的台北爱乐，一边听着优美的古典音乐，一边想着：如果在黄昏时刻，禁止论说，只准听音乐喝茶、看夕阳沉思，将是对这个城市最严重的惩罚吧！

那美丽的紫红夕阳，使我想起水墨画左下角的落款的印章。

如果我们的每一天是一幅画，应该尽心地着墨、尽情地上彩、尽力地美丽动人，在落款封印的时候，才不会感到遗憾。对一幅画而言，论说是容易的，抒情是困难的；涂鸦是容易的，留白是困难的；签名是容易的，盖章是困难的。

但是，这个城市还有人在画水墨画吗？还有人在每天黄昏，用庄严的心情为一幅水墨落款吗？

看到夕阳完全沉落，我怅然地回转车子，有着橘子黄的光晕还余韵犹存地照在车上，惨白的街灯同时点燃，逐渐在黑幕里明晰。

我为自己的今天盖下一个美丽的落款封印，并疼惜从前那些囿于世俗的、沦于形式的、僵于论说的、在无知与无意间流逝的时光。

怀君与怀珠

在清冷的秋天夜里，我穿过山中的麻竹林，偶尔抬头看见了金黄色的星星，一首韦应物的短诗突然从我的心头流过：

怀君属秋夜，
散步咏凉天。
空山松子落，
幽人应未眠。

我很为这瞬间浮起的诗句而感到一丝震动，因为我到竹林，并不是为了散步，而是到一间寺院的后山游玩，不觉间天色就晚了（秋天的夜有时来得出奇的早），我就赶着回家的路，步履是有点匆忙的。并且，四周也没有幽静到能听见松子的落声，根本是没有一株松树的，耳朵里所听见的是秋风飒飒的竹叶（夜里有风的竹林还不断发出咿咿歪歪的声音），为什么这一首诗会这样自然地从心田里升了出来？

也许是我走得太急切了，心境突然陷于空茫，少年时期特别钟爱的诗就映出来了。

我想起了上一次这首诗流出心田的时空，那是前年秋天我到金门去，夜里住在招待所里，庭院外种了许多松树，金门的松树到秋冬之际会结出许多硕大的松子。那一天，我洗了热乎乎的澡，正坐在窗前擦拭湿了的发，忽然听见院子里传来哗哗剥剥的声音，我披衣走到庭中，发现原来是松子落在泥地的声音，“呀！原来松子落下的声音是如此的巨大！”我心里轻轻地惊叹着。

捡起了松子捧在手上，韦应物的诗就跑出来了。

于是，我真的在院子里独自散步，虽然不在空山，却想起了从前的、远方的朋友，那些朋友有许多已经多年不见了，有一些也失去了消息，可是在那一刻仿佛全在时光里会聚，一张张脸孔，清晰而明亮。我的少年时代是极平凡的，几乎没有什么可歌可泣的事迹，但是在静夜里想到曾经一起成长的朋友，却觉得生活是可歌可泣的。

我们在人生里，随着岁月的流逝而感觉到自己的成长（其实是一种老去），会发现每一个阶段都拥有了不同的朋友，友谊虽不至于散失，聚散却随因缘流转，常常转到我们一回首感到惊心的地步。比较可悲的是，那些特别相知的朋友往往远在天际，泛泛之交却近在眼前，因此，生活里经常令我们陷入一种人生寂寥的境地。“会者必离”“当门相送”，真能令人感受到朋友的可贵，朋友不在身边的时候，感觉到能相与共话的，只有手里的松子，或者只有林中正在落下的松子！

在金门散步的秋夜，我还想到《菜根谭》里的几句话：“风来疏竹，风过而竹不留声；雁渡寒潭，雁去而潭不留影。故君子事来而心始现，事去而心随空。”朋友的相聚，情侣的和合，有时心境正是如此，好像风吹过了竹林，互相有了声音的震颤，又仿佛雁飞过静止的潭面，互相有了影子的照映，但是当风吹过、雁飞离，声音与影子并不会留下来。可惜我们做不到那么清明一如君子，可以“事来而心始现，事去而心随空”，却留下了满怀的惆怅、思念与惘然。

平凡人总有平凡人的悲哀，这种悲哀乃是寸缕缠绵，在撕裂的地方、分离的处所，留下了丝丝的穗子。不过，平凡人也有平凡人的欢喜，这种欢喜是能感受到风的声音与雁的影子，在吹过飞离之后，还能记住一些锥心的怀念与无声的誓言。悲哀犹如橄榄，甘甜后总有涩味；欢喜则如梅子，心酸里总有回味。

那远去的记忆是自己，现在面对的还是自己，将来不得不生活的也是自己，为什么在自己里还有另一个自己呢？站在时空之流的我，是白马还是芦花？是银碗或者是雪呢？

我感觉怀念生活的人，有时像白马走入了芦花的林子，是白茫茫的一片，有时又像银碗里盛着新落的雪片，里外都晶莹剔透。

在想起往事的时候，我常惭愧于做不到佛家的境界，能对境而心不起，我时常对于逝去的时空有一些残存的爱与留恋，那种心情是很难言说的，就好像我会珍惜不小心碰破口的茶杯，或者留下那些笔尖磨平的钢笔，明知道茶杯与钢笔都已经不能再使用了，也无法追回它们如新的样子。但因为这只茶杯曾在无数的冬夜里带来了清香和温暖，而那支钢笔则陪伴我度过许多思想的险峰，记录了许多过往的历史，所以我不舍得丢弃它们。

人也是一样的，对那些曾经有恩于我的人、那些曾经爱过我的朋友，或者那些曾经在一次偶然会面启发过我的人，甚至那些曾践踏我的情感、背弃我的友谊的人，我都有一种不忘的本能。有时不免会苦痛地想，把这一切都忘得干净吧！让我每天都有全新的自己！可是又觉得人生的一切如果都被我们忘却，包括一切的忧欢，那么生活里还有什么情趣呢？

我就不断地在这种自省之中，超越出来，又沦陷进去，好像在野地无人的草原放着风筝，风筝以竹骨隔成两半，一半写着生命的喜乐，一半写着生活的忧恼，手里拉着丝线，飞高则一起飞高，飘落就同时飘落，拉着线的手时松时紧，虽然渐去渐远，牵挂还是在手里。

但，在深处里的疼痛，还不是那些生命中一站一站的欢喜或悲愁，而是感觉在举世滔滔中，真正懂得情感、知道无私地付出的人，是愈来愈少见了。我走在竹林里听见飒飒的风声，心里却浮起“空山松子落，幽人应未眠”的句子，正是这样的心情。

韦应物寄给朋友的这首诗，我感受最深的是“怀君”与“幽人”两词，怀君不只是思念，而有一种置之怀袖的情致，是温暖、明朗、平静的，当我们想起一位朋友，能感到犹如怀袖般贴心，这才是“怀君”！而幽人呢？是清雅、温和、细腻的人，这样的朋友一生里遇不见几个，所以特别能令人在秋夜里动容。

朋友的情义是难以表明的，它在某些质地上比男女的爱情还要细致。若说爱情是彩陶，朋友则是白瓷，在黑暗中，白瓷能现出它那晶明的颜色；而在有光的时候，白瓷则有玉的温润，还有水晶的光泽。君不见在古董市场里，那些没有瑕疵的白瓷，是多么名贵呀！

当然，朋友总有人的缺点，我的哲学是，如果要交这个朋友，就要包容他一切的缺点，这样，才不会互相折磨、相互受伤。

包容朋友就如贝壳包容怀里的珍珠一样，珍珠虽然宝贵而明亮，但它是有可能使贝壳受伤的，贝壳要不受伤只有两个法子：一是把珍珠磨圆，呈现出其最温润光芒的一面；一是使自己的血肉更柔软，才能包容那怀里外来的珍珠。前者是帮助朋友，使他成为“幽人”；后者是打开心胸，使自己常能“怀君”。

我们在混乱的世界希望能活得有味，并不在于能断除一切或善或恶的因缘，而要学习怀珠的贝壳，要有足够广大的胸怀来包容，还要有足够柔软的风格来承受！

但愿我们的父母、夫妻、儿女、伴侣、朋友都成为我们怀中的明珠，甚至那些曾经见过一面的、偶尔擦身而过的、有缘无缘的人都成为我怀中的明珠，在白日、在黑夜都能散放互相映照的光芒。

世　缘

家里有一条因放置过久而缩皱了的萝卜，不能食用，弃之可惜，我找到一个美丽的陶盆试着种它，希望能挽救萝卜的生命。

没想到这看起来已完全失去生命的萝卜，一接触了泥土与水的润泽，不但立刻丰满起来，并在很短的时间里抽出了翠绿的嫩芽。接下来的日子，我仿佛看着一个传奇，萝卜的嫩绿转成青苍，向四周辐射长长的叶子，覆满了整个陶盆，看见的人没有不盛赞它的美丽的。

二十几天以后，从叶片的中心竟抽出花蕊，开出一束束淡蓝色的小花，形状就像田野间的油菜花。我虽然生长在乡下，从前却没有仔细看过萝卜开花，这一次总算开了眼界，才知道萝卜花原来是非凡的，带着一种清雅之美。尤其是从一条曾经濒临死亡的萝卜开出，更让人觉得它带着不屈的尊贵。

当我正为盛开了蓝色花束的萝卜盆栽欢喜的时候，有一天到阳台浇花，发现萝卜的花与叶子全不见了，只留下孤零零的叶梗，叶梗上爬满青色的毛虫，原来就在一夕之间，这些青虫把整株萝卜叶都啃光了，由于没有食物，每一只青虫都不安地扭动着、探寻着。

这个景象使我有一点懊恼和吃惊，在这么高的楼房阳台，青虫是怎么来的呢？青虫无疑是蛱蝶的幼虫，那么，是蛱蝶的卵原来就藏在泥土中孵化出来的？或者是有一只路过的蝶把卵下在萝卜的盆子里呢？为什么无巧不巧选择开花的时候诞生呢？

我找不到任何答案，不过我知道，如果我不供应食物给这一群幼小的青虫，它们一定会很快死亡，虽然我为萝卜的惨状遗憾，但似乎也没有别的选择了。

每天，我的第一件事就是摘几片菜叶去喂青虫，并且观察它们，这时我发现青虫终日只做一件事，就是吃、吃、吃，它们毫不停止地吃着菜叶，那样专心一志，有时一整天都不抬头。那样没命地吃，使它们以相同的速度长大和排泄，我每天都可以看出它们比前一天大，或下午看起来就比早晨大了一些。而且在短短几天内，它们排出的青色粒状粪便，把花盆全盖满了。

丑怪而贪婪的青虫，很快就长成两寸长的大虫了，肥满得像要滴出汁液，这时它们不再吃了，纷纷沿着围墙爬行，寻找适当的地点把自己肥胖的身体挂在墙上，吐出一截短丝黏住墙，然后进入生命的冥想，不再移动。

第一天，青虫的头部蜕变成菱形的硬壳，只剩下尾巴在扭来扭去。

第二天，连尾巴也硬了，不再扭动，风来的时候，它们挂在墙上摇来摇去。

第三天，它们的身体从绿色转成褐色，然后颜色一直加深。

一星期后，青虫的蛹咬破自己的硬壳，从壳中爬出来，它们的两翼是潮湿的、软弱的，但它们站在那里等待，只是一炷香的时间，它们的翼干了、坚强了，这时，它们一点也不犹豫，扑向空中、飞腾而去。

呀！那蝴蝶初飞的一刹那，有一种说不出的动人之美，它们会飞到有花的地方，借着花蜜生活，然后把卵下在某一株花上。我想，看到这一群美丽的蝴蝶，在春天的阳光花园中上下翻飞，任谁也难以想象，就在不到一个月前，它们是丑怪而贪婪的青虫，曾在一夜间摧毁一棵好不容易才恢复生机的萝卜。

现在，青虫的蛹壳还不规则地成群地挂在墙上，风来的时候仍摇动着，但这整个过程就像梦一样，萝卜真的死去了，蛱蝶也全数飞去了。世缘何尝不如此，死的死，飞的飞，到最后只留下一点点启示、一些些观察，人生因缘之流转，缘起缘灭真是不可思议。

如何在世缘中活得积极自在，简单地说就是珍惜每一个小小的缘，一条萝卜使一群青虫诞生，生出一群蛱蝶，飞向广大的天空，一个小的因缘有时正是这么广大的。

今早，我看到萝卜死去的中间又抽出芽来，心里第一个生起的念头是：会不会再有一只蝴蝶飞来呢？

光阴似箭到日月如梭

小学的时候不知道为什么，所有的小学生写作文、日记、周记，一开始都是“光阴似箭，日月如梭”。

其实，那时候很多人没射过箭，也没有见过织布的梭子。

到四年级，我们的导师才严格规定：不论是作文、日记、周记都不准用“光阴似箭，日月如梭”，要使用那些平常看得见的东西来形容。

一时之间，光阴和日月就变得很热闹了。

例如光阴似鱼，日月如鸟。

例如光阴似水，日月如云。

例如光阴似风，日月如电。

也有说光阴似蝴蝶，翩翩飞去；日月如蜜蜂，一次采蜜只留下一些甜蜜的回忆。

从此，创造力大开。

一直到四十岁以后，才知道光阴和日月都是快到无法形容和譬喻的。

偶尔想起写“光阴似箭，日月如梭”的童年岁月，自己也开心地笑了。

光阴似箭，是火箭；日月如梭，是太空梭。

光阴还是似箭，箭箭穿心。

日月依然如梭，梭梭滴血。

“日历，日历，挂在墙壁，一天撕去一页，使我心里着急。”想起小学时的一篇课文，现在没有日历可撕了，心里才真的是着急。

耕云·望云·排云

弟弟从阳明山上下来，手舞足蹈地谈起他们要到学校去看电影的一幕。

那是夏日黄昏的好天气，一大群年轻人三三两两地相约去看电影，满天满地都是人与山树的好景，忽然有一个学生看到天上的不明飞行物体——报上称为“幽浮”的——一、二、三、四、五、六、七……十二，他惊诧地叫唤起来，天空中一共有十二个缓缓移动、闪耀着金光、排成一列的星星。

“飞碟，飞碟”，有人这样说起来，所有的年轻人全停下脚步，或坐或立地看天空中的异象，一千多个学生在山上抬首望天，静静地看着十二个“幽浮”闪耀着光亮，一直到半小时以后金光全部消失才散去。

那一场免费的电影当然是没有看成了，可是大家却带着一种满足的心情离开，揣测着天空、揣测着大地、揣测着自然。或许那些“幽浮”沉入记忆，永远难以断出它是些什么东西，但是在抬头望天那一刹那，人与自然便有了一种无形的连接。

弟弟说的简单故事，却使我惊醒到我们这些住在都市的人真是远远离开自然了，不要说春天在禾田里散散步、夏夜在庭前院后捕萤火虫、秋季去看满山黄叶、冬晨去钓鱼这些往事了，甚至连夜里看看星星、白天望望幻变的天色也仿佛远远不可得了。

有一次我工作累了，睡到一半醒来，发现满屋都是金光，以为天已经大亮，推窗一望，才知道原来是中夜，十五的圆月高高挂在天空，把大地照耀得如同白日。往昔月白风清的晚上，我们常在庭前听大人说故事，而时光变易，我们竟然连月圆都不知道，这样想时，我在院子里坐了一夜，有一种羞愧，还有一点乡愁。

后来我到澎湖的一个大仓岛去，岛上都是平房，居民长久以来与大海建立了很好的情感，也与大地共同呼吸、同歌共唱。白天，我什么事都不做，就和渔民出海，躺在船上看天空变幻的云彩；夜里没有活儿干的时候，岛上又没电，我们每夜就着星光喝米酒配花生，看着星月、看着天空、看着逐渐昏暗闪着荧光的大海，并且遥望在远处对岸的白沙岛；灯一盏盏地灭去，直到森然地显出岛的原形才睡去，我深深地感到了大地之美，以及大地对我们的生养之情。

我便开始有心地留意着自然，有一次在阿里山的寺庙里，寺庙是平凡的，可是因为它题上“耕云寺”几个字就变得不俗了。后来在屏东的深山里看到一间红墙绿瓦的小屋写着“望云居”，整个山树都因之鲜活了起来。在登合欢山的途中，一个山庄名叫“排云山庄”，真像是偌大的云气一下子被大力推开一般。

不管是耕云、望云，或是排云，云都有了生命，和人的生活息息相关，连渺在天际的云也如此，近在身旁的土地草木，更是何等的亲切呀！

前些日子重读萧红女士的《呼兰河传》，写到这个东北小城的晚霞（当地叫火烧云），文字优美，真让人忍不住要跑出去看晚霞，她是这样写的：

> 这地方的火烧云变化极多，一会儿红堂堂的了，一会儿金洞洞的了，一会儿半紫半黄的，一会儿半灰半百合色，葡萄灰、大黄梨、紫茄子，这类颜色

天空上边都有，还有些说也说不出来的、见也未曾见过的、诸多种的颜色。

五秒钟之内，天空里有一匹马，马头向南，马尾向西，那马是跪着的。像是在等着有人骑到它的背上，它才站起来。再过一秒钟，没有什么变化。再过两三秒钟，那匹马加大了，马腿也伸开了，马脖子也长了，但是一条马尾巴却不见了。

看的人，正在寻找马尾巴的时候，那马就变靡了。

忽然又来了一条大狗，这条狗十分凶猛，它在前边跑着，它的后面似乎还跟了好几条小狗仔，跑着跑着，小狗就不知跑到哪里去了，大狗也不见了。

又找到了一个大狮子，和娘娘庙前的大石头狮子一模一样的，也是那么大，也是那样地蹲着，很威武地、很镇静地蹲着，它表示着蔑视一切的样子，似乎眼睛连什么也不睬，看着看着，一不谨慎，同时又看到了别一个什么。这时候，可就麻烦了，人的眼睛不能同时又看东、又看西。这样子会活活把那个大狮子糟蹋了。一转眼，一低头，那天空的东西就变了。若是再找，怕是看瞎了眼睛也找不到了。

《呼兰河传》可以说是一幅幅乡村图画构成的，看“火烧云”的这一段是看云的最贴切形容，它写的不只是个人经验，也是凡生长在乡下的中国人共有的经验，我幼年时候就最爱在放牛的时候骑在牛背上，看云一朵朵从山中飞出来，在天际一朵朵散去，所有对人世的幻想几乎全寄寓其中了。

如今，我们把自己囚固起来，不是在屋里就是在车中，有时几个月看不见天空，更何况是静静地观云，这样想时，我就无边地怀念起我的少年时代——它真像天空的“幽浮”，闪着金光，在无形中却沉默地灭去了。

第二辑　永铭于心

鳝鱼骨的滋味

在北京，刚刚飘起小雪的日子，听说更北的地方还有一波寒流将至。北京人对北方来的沙尘暴感到厌烦，对寒流则是早有准备。

围炉吃火锅，是对寒流最好的准备了。在水汽蒸腾的火锅店，人人面红耳赤，有的还冒着大汗，吐出的烟气则在玻璃落地窗上结成浓浓的雾，外面的景物一时隐去，只剩下明灭的车灯疾驰照射。

我喜欢雾气迷离的火锅店的感觉，尤其是没有太多现代装潢的火锅店，依稀使人回到朴素而单纯的年代，没有那么多的商业、没有那么多的庸俗、没有那么多的烦琐与刻板。

有的，只是一片活气。

北京的朋友知道我喜欢吃火锅，特地带我去一家城西的老店，红灯笼、黄木板，每一桌上都有一口热气腾腾的铜锅。锅子的烟囱高耸，烟囱的盖子大开，烧滚的锅子热气滚滚，弥漫在整个屋子。

朋友点了一个大号的酸菜白肉锅，加了几盘羊肉、一些牛肉卷饼，然后把菜单推到我面前，叫我点一些菜。

我点了几个菜，特别点了爆炒黄鳝和韭黄炒鳝。

跑堂的过来，看了看菜单，好意地探询："先生，您点了两道鳝鱼呢！"

"对了，我喜欢吃鳝鱼！"

北京厨子炒的鳝鱼果然美味，香、脆、鲜美，骨头也剔得干净，没有一点渣子。

"老师怎么爱吃鳝鱼呢？"北京的朋友问。

我沉思了一下，就在水汽淋漓的火锅店里，简单地说起一段往事。

小时候，我家门前的"亭仔脚"（就是屋檐下）摆了一个鳝鱼摊子，专卖炒鳝鱼和鳝鱼面。摊子黄昏才开张，那正是我放学返家的时间，我远远就会看到爆炒鳝鱼的大烟，嗅觉似乎与视觉同时抵达，香味猛然飘进我的鼻子，把我勾到摊子前面，我便低着头绕过巷子，回到家里。

“为什么要低着头呢？”

因为炒鳝鱼的价钱很高，我们根本吃不起。不要说炒鳝鱼，连鳝鱼面也吃不起。我们家兄弟姐妹很多，一人吃一碗面，恐怕是一星期的饭钱了。

这还不打紧，妈妈经常向卖鳝鱼的妇人央求拜托：杀了鳝鱼剩下的骨头，一定要留给我们！妈妈深信鳝鱼的骨头充满钙质，还有各种维生素，对我们这些正在成长的孩子，大有帮助。

每天晚上，妈妈总会从鳝鱼摊提回一大袋的骨头，洗也不洗就丢到大锅里熬煮。

“为什么洗也不洗？”

因为，妈妈说鳝鱼骨头上还带着鲜血，那是最为滋补的，洗净多么可惜！

熬过两三个小时，鳝鱼骨头几乎在锅中化完，汤水变成咖啡色，水面上浮着油花，这时，妈妈会撒一把葱花，关火。

鳝骨汤熬成时，夜已经深了。

妈妈把我们叫到灶间，一人一碗汤，再配上她在另一家面包店要来的面包皮，在锅里烤热了，变成香味扑鼻的饼干。我们细细地咀嚼面包皮，配着清甜香浓的鱼骨汤，深深感觉到生活的幸福。虽然吃不起鳝鱼与面包，但是鳝鱼与面包是有钱就吃得到，而鳝鱼骨和面包皮却是只有深爱我们的妈妈才做得出来。

只要卖鳝鱼的来摆摊，我们一定会喝鳝鱼骨汤。奇怪的是，我从来没有喝腻过，而且一直觉得这是人间至极的美味。

妈妈担心我们会吃腻，有时会在汤里加点竹笋，或下点蛋花；有时会用豆腐红烧，或与萝卜同卤……用的固然都是普通的食材，却充满了美味的魔术。

最神奇的，算是炸鳝鱼骨了。

鳝鱼骨本来是歪曲扭动的，下油锅时忽然就被拉直了，一条一条就像薯条一样，起锅时撒一些胡椒、盐，香、酥、脆，真是美味极了。

我吃了好几年的鳝鱼骨头，一直到我到外地念书。偶然回到乡下，喝到妈妈亲手熬的汤，总是觉得美味如昔，心中更是充满了感动。妈妈把深情与爱熬进了那平凡的汤里，使我们身强体健。在普遍营养不良的乡下孩子中，我们总是气色红润、精神饱满。

“也许是小时候吃不到鳝鱼，长大之后，只要到馆子吃饭，看到有卖鳝鱼，总会点两道来吃，一边吃一边怀念那一段艰苦的岁月。”我对北京的朋友说。

大家听得入神，纷纷夹起鳝鱼，细细咀嚼。当然，有故事加味，鳝鱼也变得别有滋味了。

吃完火锅，在飘着小雪的北京街头漫步，想到我们的生命正是这些看似微贱的东西，累积出一些无价的意义，使我们感到丰盈。谁能告诉我，鳝鱼骨头一斤多少钱？面包皮一袋多少钱？市场里捡来的青菜一斤多少钱？

只要有爱，就是无价的。

我想到，也是飘着细雪的寒夜，我在日本旅行，搭巴士从大阪到东京，在中途的休息站，有小摊在卖“炸鳗鱼骨”。

原来，日本人爱吃鳗鱼饭，剔出来的鳗鱼骨弃之可惜，有人收集鳗鱼骨油炸出售，竟成许多人爱吃的美食，甚至在日本有很多连锁店。

我买了一包，坐上巴士，继续去往东京的旅途。车子高速前进，我品尝着这包五百元日币的鳗鱼骨，大为吃惊——与我的妈妈炸的鳝鱼骨，滋味一模一样，香、酥、脆。

巴士高速前进，公路边的灯火如流，思及岁月也是如流，生命里也有许多忧伤的寒夜。我强烈地想念妈妈，想念妈妈如何勤俭持家、照护我们长大，想念鳝鱼骨的滋味。

妈妈早已离世，在异国的雪夜中，我想到再也喝不到清炖的鳝鱼骨汤，再也不能，一口一口，细细体会妈妈的深情。

想着想着，我的眼泪一滴一滴地落下，像窗外的雪花。

与父亲的夜谈

我和父亲觉得互相了解和亲近，是在我读高中二年级的时候。

有一次，我随父亲到我们的林场去住，和父亲睡在一起，秉烛夜谈。父亲对我谈起他青年时代如何充满理想，并且只身到山上来开辟四百七十甲的山地，他说："就在我们睡的这张床下，冬天有许多蛇爬进来盘着冬眠，半夜起来小便，都要踮着脚才不会踩到蛇。"

父亲告诉我，"年轻人最重要的就是打拼和勇气。"

那一夜，我和父亲谈了很久很久，才沉沉睡去。

醒来后我非常感动，因为我从小到大，从来没有和父亲单独谈超过一小时的话，更不要说睡在一起了。

在我们的父母亲那一代，由于他们受的教育不多，加上中国传统和日本教育使他们变得严肃，不善于表达感情，往往使我们有代沟，不能互相了解和亲近。

经过三四十年的努力，这一代的父母较能和子女亲近了，却因为事情更繁忙，时间更少了。

从高中时代到现在已经二十几年了，我时常怀念起那与父亲秉烛夜谈的情景，可惜父亲已经过世，我再也不会有那种幸福了。

我们应该时常珍惜与父母、与子女亲近的时间，因为好时光稍纵即逝！

卡其布制服

过年的记忆，对一般人来说当然都是好的，可是当一个人无法过一个好年的时候，过年往往会比平常带来更深的寂寞与悲愁。

有一年过年，当我听母亲说那一年不能给我们买新衣鞋，忍不住跑到院子里靠在墙砖上哭出了声。

那一年我十岁，本来期待着过年买一套新衣已经期待了几个月了。在那个年代，小孩子几乎是没有机会穿新衣的，我们所有的衣服鞋子都是捡哥哥留下的，唯一的例外是过年，只有过年时可以买新衣服。

其实新衣服也不见得是漂亮的衣服，只是买一件当时最流行的特多龙布制服罢了。但即使这样，有新衣服穿还是可以让人兴奋好久的，我到现在都记得当时穿新衣服时那种颤抖的心情，而新衣服特有的棉香气息，到现在还依稀留存。

在乡下，过年给孩子买一套新制服竟成为一种时尚，过年那几天，满街跑着的都是特多龙的卡其制服，如果没有买那么一件，真是自惭形秽了。差不多每一个孩子在过年没有买新衣，都要躲起来哭一阵子，我也不例外。

那一次我哭得非常伤心，后来母亲跑来安慰我，说明为什么不能给我们买新衣的原因。因为那一年年景不好，收成抵不上开支，使我们连杂货店里日常用品的欠债都无法结清，当然不能买新衣了。

我们家是大家庭，一家子有三十几口，那一年尚未成年的兄弟姊妹就有十八个，一个人一件新衣，就是最廉价的，也是一大笔开销。

那一年，我们连年夜饭都没吃，因为成年的男人都跑到外面去躲债了，一下子是杂货店、一下子是米行、一下子是酱油店跑来收账，简直一点解决的办法也没有，那些人都是殷实的小商人，我们家也是勤俭的农户，但因为年景不好，却在除夕那天相对无言。

当时在乡下，由于家家户户都熟识，大部分的商店都可以赊欠的，每半年才结算一次，因此过年前几天，大家都忙着收账。我们家人口众多，每一笔算起来都是不小的数目，尤其在没有钱的时候，听来心惊。

有一个杂货店的老板说："我也知道你们今年收成不好，可是欠债也不能不催，我不催你们，又怎么去催别人呢？"

除夕夜，大人到半夜才回家来，他们已经到山上去躲了几天了，每个人都是满脸风霜、沉默不言，气氛非常僵硬。依照习俗，过年时的欠债只能催讨到夜里子时，过了子时就不能讨债了，一直到初五"隔开"时，才能再上门要债。爸爸回来的时候，我们总算松了口气，那时就觉得，没有新衣服穿也没有什么要紧，只要全家人能团聚也就好了。

第二天，爸爸还带着我们几个比较小的孩子到债主家拜年，每一个人都和和气气的，仿佛没有欠债那一回事，临走时，他们总是说："过完年再来交关吧！"对于中国人的人情礼义，我是那一年才有一些懂了，在农村社会，信用与人情都是非常重要的，有时候不能尽到人情，但由于过去的信用，使人情也并未被破坏。当然，类似"跑债"的行为，也只反映了人情的可爱，因为在双方的心里，其实都是知道一笔债是不可能跑掉的。土地在那里，亲人在那里，乡情在那里，都是跑不掉的。

对生活在都市里的、冷漠的现代人，几乎难以想象三十年前乡下的人情与信用，更不用说对过年种种的知悉了。

对农村社会的人，过年的心比过年的形式重要得多。记得我小时候，爸爸在大年初一早上到寺庙去行香，然后去向亲友拜年，下午他就换了衣服，到田里去，并看看作物生长的情况，大年初二也是一样，就是再松懈，也会到田里走一两回，那也不尽然是习惯，而是一种责任，因为，如果由于过年的放纵，使作物败坏，责任要如何来担呢？所以心在过年，行为并没有真正的休息。

那一年过年，初一下午我就随爸爸到田里去，看看稻子生长的情形，走累了，爸爸坐下来把我抱在他的膝上，说：“我们一起向上天许愿，希望今年风调雨顺、国泰民安、大家都有好收成。”我便闭起眼睛，专注地祈求上天，保佑我们那一片青翠的田地。许完愿，爸爸和我都流出了眼泪。我第一次感觉到人与天地有着浓厚的关系，并且在许愿时，我感觉到愿望仿佛可以达成。

开春以后，家人都很努力工作，很快就把积欠的债务，在春天第一次收成里还清了。

那一年的年景到现在仍然非常清晰，当时礼拜菩萨时点燃的香，到现在都还在流荡。我在那时初次认识到年景的无常，人有时甚至不能安稳地过一个年，而我也认识到，只要在坏的情况下，还维持人情与信用，并且不失去伟大的愿望，那么再坏的年景也不可怕。

如果不认识人的真实，没有坚持的愿望，就是天天过年、天天穿新衣，又有什么意思呢？

长途跋涉的肉羹

在我读小学五年级的时候，有一次看见爸爸满头大汗从外地回来，手里提着一个用草绳绑着的全新的铁锅。他一面走，一面召集我们，“来，快来吃肉羹，这是爸爸吃过的最好吃的肉羹。”他边解开草绳，边说起那一锅肉羹的来历。

爸爸到遥远的凤山去办农会的事，中午到市场吃肉羹，发现那个小摊上的肉羹非常的美味，他心里想着：“但愿我的妻儿也可以吃到这么美味的肉羹呀！”

但是那个时代没有塑胶袋，要外带肉羹真是困难的事。爸爸随即到附近的五金行买了一个铁锅，并向店家要了一条草绳，然后转回肉羹摊，买了满满一锅肉羹，用草绳绑好，提着回家。当时的交通不便，从凤山到旗山的道路颠簸不平，平时不提任何东西坐客运车都会昏头转向、灰头土脸。何况是提着满满一锅肉羹呢?

把整锅肉羹夹在双腿间、坐客运车回转家园的爸爸，那种惊险的情状是可以想见的。虽然他是那么小心翼翼，肉羹还是溢出不少，回到家，锅外和草绳上都已经沾满肉羹的汤汁了，甚至爸爸的长裤也湿了一大片。

锅子在我们的围观下打开，肉羹只剩下半锅。妈妈为我们每个孩子盛了半碗肉羹，也为自己盛了半碗。由于我们知道这是爸爸千辛万苦从凤山提回来的肉羹，吃的时候就有一种庄严、欢喜、期待的心情，一反我们平常狼吞虎咽的样子，而是一小口一小口地品尝那长途跋涉、饱含着爱、还有着爱的余温的肉羹。

爸爸开心地坐在一旁欣赏我们的吃相，露出他惯有的开朗的笑容。妈妈边吃肉羹边说:“这凤山提回来的肉羹真好吃！”爸爸说:“就是真好吃，我才会费尽心机提这么远回来呀！这铁锅的价钱是肉羹的十倍呀！”当爸爸这样说的时候，我感觉温馨的气息随着肉羹与香菜的味道，充塞了整个饭厅。不，那时我们不叫饭厅，而叫灶间。

那一年，在黝暗的灶间，在昏黄的烛光灯火下吃的肉羹是那么美味。经过三十几年了，我还没有吃过比那更好吃的肉羹。因为那肉羹加了一种特别的作料，是爸爸充沛的爱以及长途跋涉的表达呀！

这使我真实地体验到，光是充沛的爱还是不足的，与爱同等重要的是努力的实践与真实的表达，没有透过实践与表达的爱，是无形的、虚妄的。

我想，这是爸爸妈妈那一代人，他们的爱那样丰盈真实，却从来不说“我爱你”，甚至终其一生没有说过一个“爱”字的理由吧！

爱是作料，要加在肉羹里，才会更美味。自从吃了爸爸从凤山提回来的肉羹，每次我路过凤山，都有一种亲切之感。“这凤山，是爸爸从前买肉羹的地方呢！”

我的父母都是善于表达爱的人，因此，在我幼年的时候，就知道再微小的事物，也可以作为感情的表达；而再贫苦的生活，也因为这种表达而显现出幸福的面貌。

幸福，常常是隐藏在平常的事物中，只要加一点用心，平常事物就会变得非凡、美好、庄严了。只要加一点用心，凡俗的日子就会变得可爱、可亲、可想念了。就像不管我的年岁如何增长、不论我在天涯海角，只要一想到爸爸从凤山提回来的那一锅肉羹，心中依然有三十年前的汹涌热潮在滚动。肉羹可能会冷，生命中的爱与祝愿，却永远是热腾腾的；肉羹可能在动荡中会满溢出来，生活里被珍藏的真情蜜意，则永不逝去。

永铭于心

我妈妈是典型的农家妇女，从前的农家妇女几乎是从不休息的，她们除了带养孩子，还要耕田种作。为了增加收入，她们要养猪种菜做副业；为了减少开支，她们夜里还要亲自为孩子缝制衣裳。

记忆中，我的妈妈总是忙碌不堪，有几个画面深印在我的脑海。

有一幕是：她叫我和大弟安静地坐在猪舍前面，她背着我最小的弟弟在洗刷猪粪的情景。妈妈的个子矮小，我们坐在猪舍外看进去，只有她的头高过猪圈，于是，她和小弟的头在那里一起一伏，就好像在大海浪里搏斗一样。

有一幕是：农忙时节，田里工作的爸爸和叔伯午前总要吃一顿点心止饿。点心通常是咸粥，是昨夜的剩菜和糙米熬煮的，妈妈挑着咸粥走在仅一尺宽的田埂，卖力地走向田间，她挑的两个桶子，体积比她的身体大得多，感觉好像桶子在抬着她，而不是她挑桶子，然后会听见一声高昂的声音，“来哦！来吃咸粥哦！”几里地外都听得见。

还有一幕是：只要家里有孩子生病，她就会到庙里烧香拜佛，我每看到她长跪在菩萨面前，双目紧闭，口中喃喃祈求，就觉得妈妈的脸真是美，美到不可方物，与神案上的菩萨一样美，不，比菩萨还要美，因为妈妈有着真实的血肉。每个人的妈妈就是菩萨，母心就是佛心呀！

由于我深记着那几幕母亲的影像，使我不管遭遇多大的逆境都还能奋发向上、有感恩的心。

也使我从幼年到如今，从来没有开口说过一句忤逆母亲的话。

一碗入梦

妻子从网路上买了一箱大闸蟹，送到家里，打开箱子，每一只都是活蹦乱跳的。这令我感到惊奇，从阳澄湖到台北，路途何止千里，运送也需要时间，竟能保持螃蟹的生命，这在几年前，是不可想象的。

时代真的不同了，朋友在卖生鱼片，专门进口日本各地的海鲜，以低于零下五十度的温度，从东京运来。朋友自豪地说："保证吃起来和在日本海时一样鲜美。"

蒸蟹的时候，一边想到时空的变迁，不禁感慨系之。

吃大闸蟹时，小儿子忽然发问："老师说，以前台湾人不吃大闸蟹，这几年开放了才开始吃，是真的吗？"

"如果说是阳澄湖或太湖的大闸蟹，以前是吃不到；如果是吃毛蟹，爸爸从小就是吃毛蟹的，大闸蟹就是毛蟹的一种啊。”

我的童年时代，父亲在六龟新威租了一块林地，搭了一间砖房，在森林里开山，我们常陪爸爸到山上住，有时住上整个夏天。

山上食物欠缺，为了补充营养，我们什么都吃，天上飞的鸟雀、蝗虫、蚂蚱、蝉；地上能跑的竹鸡、老鼠、锦蛇、兔子、穿山甲；河里游的小虾、小鱼、毛蟹、青蛙、河蚌、蛏子……

天空和陆地上的不易捕捉，河溪里的倒容易捉到。我们做一些简单的陷阱，竹子上绑着小虫，插在田边、河边，第二天就可以搂；里面放一些鱼肉，第二天就可以收成许多溪虾。

捉毛蟹则是最有趣的，从下游往上游溯溪，沿路搬开石头，缝隙里就躲着毛蟹，运气好的时候，搬开一块石头，就能捉到五六只。

夏秋之交，毛蟹盛产，个头肥大，我们七八个兄弟忙一个下午，就可以捉到整桶的毛蟹，隔两天再去，又是一桶，几乎捕之不绝。

晚上，爸爸把我们捕来的毛蟹、小鱼、小虾清洗过后，烧一鼎猪油，全都丢下去油炸，炸到酥脆，蘸一点胡椒和盐，一道大菜就这样完成了。

当时山上还没有电灯，就着昏黄跳动的油灯，那一大碗的河鲜跳动着颜色的美，金黄的小鱼、淡红的小虾、深红的毛蟹，挑逗着我们的味蕾。

“开动！”

爸爸一下指令，我们就大吃起来，咔咔嚓嚓，整只整只地吃进肚子里，不知道为什么，我们吃螃蟹和吃鱼虾一样，都是不吐骨头的，不！是不吐壳的。

那是令人吮指回味的终极美味，我离开山林之后，就没有再吃过了。

就好像爸爸亲手采的草耳（雷公菜）、鸡肉丝菇，还有他亲手用西瓜做的凉菜，都再也吃不到了。

“这就是我们以前吃毛蟹的方式，和吃大闸蟹是很不同的。”我对孩子说。

孩子睡了，我坐在书房，仔细地怀想父亲在开山时的样子，想到我十四岁就离开家乡，当时忙于追寻、很少思念父母。

过了六十，时不时就会想起爸爸、妈妈，爸妈常入我梦来，不知道这是不是老的征象？

想起那一大碗毛蟹，如真似梦，依稀在眼前，那美丽的颜色，一层一层晕染了我的少年时光，在贫穷里也有华丽的光。

幸 福

小时候，我们住在南部乡下，由于兄弟姊妹很多，妈妈非常的忙碌，我们只要一靠近妈妈，她最自然的反应是一掌把我们打开，“闪啦！大人在无闲，不要在这里绊手绊脚！”

因此，我非常渴望有一天能牵妈妈的手。

有一天，妈妈要到田里摘野菜，我跟着去，她突然牵起我的手，走在田间的小路，那时是黄昏，夕阳一片金黄，拉长了妈妈的身影，几乎覆盖了整条小路。

那时候我感觉到了从未有过的幸福，生命原是如此美好！

经过三十几年了，每次想到那一幕，幸福的感觉仍在汹涌。呀！原来幸福的感觉是许多小小的感情所累积的。

风中跌倒不为风

路过乡间一座三合院，看见一个孩子正在放声大哭，妈妈心疼地在旁边安慰。

妈妈一手慈爱地抱着孩子，一手用力地拍打地板，对孩子说:“都是这土脚不平，害我家宝贝跌倒，妈妈替你拍土脚。”妈妈拍地的动作非常滑稽，使那不停哭闹的孩子也忍不住笑了。

我站在一边看着这一幕，心里感到十分温馨，想到从前我的妈妈也曾如此安慰过我。

不只是我的妈妈，从前乡间的父母几乎都是这样安慰孩子的。

跑的时候被树枝绊倒了，就折断树枝，说是坏树枝，怎么可以绊倒我的孩子；走路不小心跌了，就说，坏土地，怎么可以害我的孩子跌倒；甚至完全没有原因跌倒，找不到什么东西可以责备，就骂风，说“都是风吹得太凶，才让我的心肝跌倒”。

我们小时候都会信以为真，以为跌倒是因为风、土地或是树枝的缘故，我们也会像父母一样，找借口安慰自己，很少想到是自己走路不小心。

记得有一次，我在门前跑步，不小心跌了，妈妈从厨房跑出来，左看右看，找不到可以骂的东西，因为门前的土地非常平，也没有树枝，也没有小石子。妈妈愣了好长一段时间，我已经站起来了，她还愣在那里，手里拿着一把锅铲，样子有点滑稽。妈妈看我望着她，以为我要放声大哭，突然大声骂天，“都是这可恶的风，害我家宝宝扑倒。”我抚着手，对妈妈说：“妈，不是因为风，是我自己不小心跌倒的。”那时，庭前确实只有灿烂的阳光，一丝风也没有。妈妈笑了，说我长大了，可以自己承担自己的错误和失败。

当我们发现，无论任何形式的跌倒，都是由于自己的不小心，而不是去找借口，这时我们就长大了。

我们在情感与姻缘上跌倒的时候，也像孩子时一样，即使土地不平、风狂雨骤，也都不应该是我们跌倒的借口，而应该检视的是我们的心，去承担错误与失败。

孩子的跌倒顶多是皮肉受伤，姻缘挫败也顶多是锥心刺骨，并不会伤到感情的本质。因此，一个人不应该是在爱中受伤，就失去爱的勇气；一个人也不应该因为爱的痛苦，就失去承担的心。

要寻找到生命最内在的本质，是不能有任何借口的，当我们还有借口，本质就不会显露出来。

我对自己过去情感的受伤、姻缘的挫败也没有任何借口，这都是我生命中的必然之路，我也愿意承担任何的批评，并把这些批评当作石阶，走向更高的位置来回看自己的人生。

在风中跌倒、在爱中流泪，这都是人生不可避免的旅程。如果我们在每一段旅程，都能学习到更广大的胸怀，都能不失去真爱的勇气、美好的追求，那一切挫折不也都有深刻的意义吗？

我站着看那拍土地安慰孩子的母亲的图像，一面想起往事，一面想到我们人生可能永无平静之日，但我们要使心安宁，只在当下的转念之间。

含羞的心

在父亲的坟头，看到几丛含羞草正盛开着，有的还开着粉红色的花，有的已结了种子。

含羞草的花非常美，像极了粉红色的粉扑，使杂乱的野草丛也显得温柔了。我想到小时候，最喜欢采含羞草的花和银合欢的花，一整盘放在盘子上，两种花都是粉扑的形状，一红一白，真是美极了。

爸爸看见了，总会感慨地说："这个囝仔，心这样细腻，真像查某囡仔同款！"

我想从父亲坟头采一些含羞草的种子回去种，可一触动它们，所有的含羞草都急速地合掌，好像虔诚地祈祷一样。

全身长满棘刺、被认为粗贱的含羞草，对外界的触动有着敏锐细腻的感受，并开出柔软而美丽的花朵，其实是像极了乡下农人的心。我的父亲虽然一生都做着粗重的农事，但他的感情细腻柔软而美丽，正像含羞草花。

我把含羞草的种子种在阳台，隔年就长得十分茂盛，也开花了。

每次碰触到含羞草，看它合十祈祷的样子，我也会双手合十，祈愿父亲去到更美丽的世界，也祈愿我们父子有重逢之日。

金刚糖

路过乡间小镇，走过一家杂货铺，突然一幅熟悉的影像吸引了我。

杂货铺的玻璃柜上摆了一个大玻璃瓶，瓶中满满的糖果，红、绿、白相间，在阳光下闪闪发亮。

是金含！我几乎跳了起来。

金含是一种我以为早已失传的糖果，它的形状如弹珠，大小像橘子或酸李，颜色如同西瓜的皮，有的绿白、有的红白地间杂着。

金含又称为“金刚糖”，因为它硬如铁石，如果不咬破，轻轻地含在嘴里，可以从中午含到日落。

金含几乎是我们童年的梦，是唯一吃得到、也是唯一吃得起的糖果。一毛钱可以买两粒，同时放入嘴里含着，两颊就会像膨风一样地鼓起，其他的小朋友就知道你是在吃“金含”，站在一边猛吞口水，自己便感觉十分的骄傲和满足了。

爸爸妈妈很反对我们吃糖，绝对不会买糖给我们，所以想吃金含往往要大费苦心。在野外割牧草时，乘机提一些蟾蜍或四脚蛇去卖给中药铺；或者放学的时候到郊外捡破铜旧锡玻璃瓶簿子纸卖给古物商；或者到溪边摸纳仔到市场去卖……

由于要赚一毛钱是那么辛苦，去买金含来吃时就感到特别欢喜，好像是把幸福满满地含在嘴里，舍不得一口吃下去。

卖金刚糖的小店就在我去上学途中的街角，每天清晨路过时，阳光正好穿过亭仔脚，照射在店前的瓶罐上，金含通常装在大玻璃瓶里，阳光一照，红的、绿的、白的，交错成一幅迷人的光影。我有时忍不住站在小店前看那美丽的光影，心神为那种甜美的滋味感动，内心滋滋地响着音乐。

经过三十几年了，金含的甜美依然深深地印在我的脑海。在那个“残残猪肝切五角”的时代，因为物质贫乏，许多微不足道的事物反而给了我们深刻的幸福。

可见幸福并不是一种追求，而是一种对现状的满足。

我花了五块钱向看杂货店的阿婆买了两粒金含，几乎是屏住呼吸、小心翼翼地放入口中，就像童年一样，我的两颊圆圆地鼓起，金含的滋味依然甜美如昔，乡下的小店依然淳朴可亲，玻璃瓶里依然有错落的光影，这使我感到无比的欢喜。

我踩着轻快的步子，犹如我还是一个孩子，很想大声地叫出来，告诉每一个人，“我在吃金含呢！你们看见了吗？”

保持梦想的心

我记得小时候，老师叫我们写“我的志愿”，我就写：“我的志愿是以后要当一个作家。”结果老师把我叫去，摸摸我的额头看看有没有发烧，因为每个同学不是要当科学家、工程师，就是当发明家，为什么你的志愿这么渺小呢？

在我成长的过程中，父亲常常问我说：“你以后要干什么？”我说：“我要做作家。”他问我：“作家是干什么的？”我说：“作家就是写字寄出去，人家就会把钱寄进来。”我爸爸马上伸出手把我“盖”下去说：“世间哪有那么好的事情！”

可是，如果没有成为作家的梦想，今天我就不会做一个作家，所以梦想是很重要的。

提到梦想，我就想到小时候的一件事。我小时候很喜欢看地图，由于家里很穷，不可能离开家乡，只好看地图过瘾。我常想，如果可以到台北、高雄去玩，不知道有多好！可是一直没有这样的机会，就看地图过瘾。

我小学六年级的时候，考试得了第一名，老师送我一本世界地图，我好高兴，跑回家就开始看这本地图。很不幸，那天轮到我为家人烧洗澡水。我一边烧水，一边在灶边看地图。

看到一张埃及地图，想到埃及很好，埃及有金字塔、有埃及艳后、有尼罗河、有法老王，还有很多神秘的东西，心想长大以后如果有机会我一定要去埃及。

看得入神的时候，突然有一个大人从浴室冲出来，胖胖的围一条浴巾，用很大的声音问我，“你在干什么？”我抬头一看，原来是爸爸，我说：“我在看地图！”爸爸很生气，说：“火都熄了，看什么地图！”我说：“我在看埃及的地图。”

我父亲就跑过来“啪、啪”给我两个耳光，然后说：“赶快生火！看什么埃及地图！”打完后，还踢了我屁股一脚，把我踢到火炉旁边去，很严肃地跟我讲：“我给你保证，你这辈子不可能到那么遥远的地方去！赶快去生火！”

我当时看着爸爸，呆住了，心想：“爸爸怎么给我这么奇怪的保证？真的吗？这一生真的不可能去埃及吗？”

二十年后，我第一次出国就是去埃及。我的朋友都问我，

“到埃及去干什么？”那时候还没有开放观光，出国很艰难的。我说：“因为我的生命不要被保证。”于是我就跑到埃及旅行。

有一天，我坐在金字塔前面的台阶上，买了张明信片写信给我爸爸。我写道：“亲爱的爸爸：我现在在埃及的金字塔前面给你写信。记得小时候，你打了我两个耳光，踢我一脚，保证我不可能到这么远的地方来，现在我就坐在这里给你写信。”写的时候感触非常深。

我爸爸收到明信片时跟我妈妈说：“哦！这是哪一次打的？怎么那么有效？一巴掌打到埃及去。”

梦想在生命中是非常重要的东西。为什么非常重要？因为只有梦想可以使我们温暖，只有梦想可以使我们有希望，只有梦想可以使我们保持充沛的想象力与创造力。

如果一个人没有梦想，这个人过了 30 岁，生命就开始可悲了。因为生命过了 30 岁开始走下坡，一步一步走向死亡的道路。

“保持梦想”就是一直到告别人世前的那一刹那都保持着向前的姿势。

有 春

从前在过年的时候，大人会把很多写着“春”字的红纸贴在米瓮上、水缸上，还有糖罐、灶间，甚至也贴在衣橱上。有一次，我疑惑地问父亲，“为什么到处都贴着‘春’字呢？”

他说：“希望年年有春。”在闽南语里，春天的“春”和剩下的“剩”是同音字，到处贴着“春”字，是祈望年年有剩余的意思。父亲也常说：“心里若有春，就是富有；心里若是无春，就是贫穷。”意思是说，心里知足、常有剩余空间的人就是富有的人；心常不足、不断贪求的人就是贫穷的人。闽南话称那些富有的人叫“好额人”或“好业人”，可见富有的人不必要有很多钱，而是有高广的额头、有智慧的意思；富有的人不是拥有最多东西的人，而是不断造善业的人。富有的标准，因此不是有多少财产，而是有没有智慧与宽裕的心。富有的标准，不是能占有多少东西，而是能不能布施与关怀。富有的标准，不是有多少名利权位，而是有多少的幸福和感情。

每当我想起从前贴在米缸上的“春”字，就想起父亲的话，希望自己的心常常有春，有更大的空间来包容更多的智慧与爱。

第三辑　有情十二帖

有情十二帖

前 生

前生，我们也是这样的溪水畔道别的吧！

要不然，我从山径一路走来，心原是十分平静的，可是我看见这条溪时，心为什么如水波一样涌动起来？周围清冽的空气，使我感到一种不知何处流来的可惊的寒冷。

以溪水为镜，我努力地想知道，这条溪与我有着什么样的因缘？或者是，我如何在溪的此岸，看着你渐远的身影？或者是，同在一岸，你往下游走去，而我却溯流而上？

我什么都照映不出来，因为溪水太激动了。

这已是春天了呀！草正绿着，花正开着，阳光正暖，溪水为什么竟有清冷而空茫的感觉呢？

想是与久远的前生有着不可知的关系。

在春天的时候，临溪而立，特别能感觉到生命是一道溪流，不知从何流来，不知流向何处。

此刻的我，仿佛是，奔流的河溪中刚刚落下的，一片叶子。

流　转

在十字路口的古董店临窗的角落，我坐在一张太师椅上，立刻就站起来，因为那张椅子上还留着别人坐过的温度。

从小我就不习惯别人坐过的热椅子，宁可站着等那椅子冷了，才落座。尤其是古董椅子，据说这张椅子是清朝传下的，那美丽的雕花让我知道这不是平民的椅子，它的第一主人曾经是富有的人吧！

现在，那个富有的人，他的财富必然已经散尽了，他的身体一定也在时空中消亡了，只留下这一组椅子，没有哭笑，在午后的阳光中静静的，几乎是睡着一般。

我在古董店转了一圈，好像与时空一起流转，唐朝的三彩马、明代的铜香炉、清朝的瓷器、民初的碗盘，有很多还完美如新。有一张八仙彩，新得就像一个脸容贞静的妇女一针一针刺绣上去，针痕还在锦上，人却已经远去了，像空气，像轻轻的铜铃声。

在古董店，我们特别能感受时光的无情，以及生命的短暂。步出古董店时我觉得，即使在早春，也应珍惜正在流转的光阴。

山 雨

看着你微笑着，无声，在茫茫的雨雾中从山下走来，你撑着的花伞，在每一格石阶一朵一朵开上来，三月道旁的杜鹃与你的伞一样有艳红的颜色。在春雨的绵绵里，我的忧伤，像雨里的乱草缠绵在一起，忧伤的雨就下在我的眼中。

眼看你就要到山顶，却在坡道转弯处隐去了，隐去如山中的风景，静默。雨，也无声。

山顶的凉亭里，有人在下棋。因为棋力相当，两个人静静地对坐着，偶尔传来一声“将军”，也在林间转了又转，才会消失。

我看着满天的雨，感觉这阵雨永远也不会停。

你果然没有到山顶上，转过坡道又下山了，我看着你的背影往山下走去，转一道弯就消失了，消失成雨中的山、空茫的山。

山雨不停，我心中忧伤的雨也一如山雨。

这阵雨永远也不会停了！看着满天的雨，我这样想着。

突然听到凉亭里传来一声高扬的：将军！

四　月

我最喜欢四月的阳光，四月的阳光不温不火，透明温润有琉璃的质感。

四月的阳光，使每一朵花都是水晶雕成，在风里唱着希望之歌，歌声五色仿佛彩虹。

四月的阳光使每一株草都是翡翠繁生，在土地上写着明日之诗，诗章湛蓝一如海洋。

在四月的阳光中，我们把冬寒的灰衣褪去，肤触着遥远天际传来的温热，使我想起童年时代，赤身奔跑过四月的田野，阳光就像母亲温暖的怀抱，然后我们跳入还留着去年冬寒的溪里游水。最后，我们带着全身琉璃的水珠躺在大石上，水一丝丝化入空中，我们就在溪边睡着了。

在四月的阳光中，草原、树林、溪流、石头都是净土，至少对无忧的孩子是这样的。所以，不论什么宗教，都说我们应胸怀一如赤子，才能进入清净之地。

四月还是四月，温暖的阳光犹在，可叹的是我们都不再是赤子了。

石 狮

我们走过生命的原野时，要像狮子一样，步步雄健，一步留下一个脚印。

我们渡过生命河流之际，要像六牙香象，中流砥柱，截河而流，主宰自己生命的河流与方向。

我们行经生命的丛林小径，要像灰鹿之王，威严而柔和，雄壮而悲悯，使跟随我们的鹿都能平安温饱。

这些都是佛经的譬喻，是要我们期许自己像狮子一样威猛、像大象一样壮大、像鹿王一样温和庄严。当我们想起这几种动物，真犹如自己站在高山顶上，俯视着莽莽的林木与茫茫的草原，也有那样的气派。

狮子是文殊师利菩萨的坐骑，白象是普贤菩萨的坐骑，都是极有威势的护法，尤其是狮子更是普遍，连民间一般的寺庙都是由狮子来护法的。

今天路过一座寺庙，看到门前的石狮子有不同的表情，几乎是微笑着的，然后我想起每座寺庙前的狮子，虽是石头雕成，但每只的表情都有细微的不同。

即使是石狮子，也是有心，特别是在温馨的五月清晨的微风之中。

欢　喜

黄山谷有一天去拜访晦堂禅师，问禅师，“禅宗的奥义究竟是什么？”

晦堂禅师说：“《论语》上说：‘二三子，以我为隐乎？吾无隐乎尔。’禅对你们也没有什么隐藏，这意思你懂吗？”

黄山谷说：“我不懂。”

然后，两人都沉默了。一起在山路上散步，当时，木樨花正开放，香味满山。

晦堂问：“你闻到香味了吗？”

“是，我闻到了！”黄山谷说。

“我像这木樨花香一样，没有隐瞒你呀！”禅师说。

黄山谷听了，像突然打开心眼一样开悟了。

是的，这世界从来没有隐藏过我们，我们的耳朵听见河流的声音，我们的眼睛看到一朵花开放，我们的鼻子闻到花香，我们的舌头可以品茶，我们的皮肤可以感受阳光……在每一寸的时光中都有欢喜，在每个地方都有禅悦。

我曾在一个开满凤凰花的城市住了三年，今天看到一棵凤凰花开，好像唱着歌一样，使我的眼耳鼻舌身意都洋溢着少年时代的欢喜。

院　子

农村里的秋天来得晚，但真正秋天来的时候都是很写意的。

首先感觉到的是终于有黄昏的晚霞了。当河边的微风吹过，我们背着沉重的书包回家，站在家前院子往远山看去，太阳正好把半天染红；那云红得就像枫叶，仿佛一片一片就要落下来了。于是，我常常站在院子里就呆住了，一直到天边泼墨才惊醒过来。

然后，悬丝飘浮的、带着清冷的秋灯的、只照射自己的路的萤火虫，不知道是从河的对岸或树林深处来了，数目多得超乎想象，千盏万盏掠过院子，穿过弄堂，在草丛尖浮荡。有人说，萤火虫是点灯来找它前世的情缘，所以灯盏才会那么的凄清闪烁、动人肝肺。

最后，是大人们扇着扇子、坐在竹椅上清喉咙，“古早、古早、古早……”说着他们的父亲、祖父一直传说不断的忠孝节义的故事。听着这些故事，使我觉得秋天真是温柔，温柔中流着情义的血。我们听故事的那个院子，听说还是曾祖父亲手用石块铺成的。

秋天枫红的云、凄凉的萤火、用传说铺成的院子在闪烁，可惜现在不是秋天，也找不到那个院子了。

有　情

“花，到底是怎么开起的呢？”有一天，孩子突然问我。

我被这突来的问题问住了，我说：“是春天的关系吧。”

对我的答案，孩子并不满意，他说：“可是，有的花是在夏天开，有的是在冬天开呀！”

我说:“那么，你觉得怎样开起的呢？”

“花自己要开，就开了嘛！”孩子天真地笑着，“因为它的花苞太大，撑破了呀！”

说完孩子就跑走了。是呀！对于一朵花和对于宇宙一样，我们都充满了问号，因为我们不知它的力量与秩序明确来自何处。

花的开放，是它自己的力量在因缘里的自然展现，它蓄积了自己的力量，使自己饱满，然后爆破，犹如阳光在清晨穿破了乌云。

花开是一种有情，是一种内在生命的完成，这是多么亲切呀！使我想起，我们也应该蓄积、饱满、开放，永远追求自我的完成。

炉 香

有一天，一位老太太问赵州从谂禅师，“怎样去极乐世界呢？”赵州说:“大家都去极乐世界吧！我只愿永远留在苦海。”

我读到这里，心弦震动，久久不能自已。一个已经开悟的禅师，他不追求极乐，而希望自己留在与众生相同的地方，在苦海中生活，这是真实的伟大的慈悲。就好像在莲花池边，大家都赶来看莲花，经过时脚步杂乱、纸屑满地，而他只愿留下来打扫莲花池。

抬起头来，我看见案前的檀香炉，香烟袅袅，飘去不可知的远方，香气在室内盘绕不息。这烟气是不是也飘往极乐世界呢？可是如果没有香炉的承受，接受火炼，檀香的烟气也不可能飞到远方。

赵州正是要做那一个大香炉，用自己的燃烧之苦来点拨众生虔诚的极乐之向往。

我也愿做烧香的铜炉，而不要只做一缕香。

天　空

我和一位朋友去参观一处有年代的古迹。我们走进一座亭子，坐下来休息，才发现亭子屋顶上刻着许多繁复、细致、色彩艳丽的雕刻，是人称“藻井”的那一种东西。

朋友说：“古人为什么要把屋顶刻成这么复杂的样子？”

我说：“是为了美感吧！”

朋友说不是这样的，因为人哪有那么多的时间整天抬头看屋顶呢！

“那么，是为了什么？”我感到疑惑。

“有钱人看见的天空是这个样子的呀！缤纷七彩、金银斑斓，与他们的珠宝箱一样。”这是我第一次听见的说法，眼中禁不住流出了问号，朋友补充说：“至少，他们希望家里的天空是这样子，人的脑子塞满钱财就会觉得天空不应该只是蓝色，只有一种蓝色的天空，多无聊呀！”

朋友似笑非笑地看着藻井，又看着亭外的天空。

我也笑了。

当我们走出有藻井的凉亭时，感觉单纯的蓝天，是多么美、多么有气派！

水因有月方知静，天为无云始觉高。我突然想起这两句诗。

如　水

曾经协助丰臣秀吉统一全日本的大将军黑田孝高，他善于用水作战，曾用水攻陷了久攻不下的高松城。因此在日本历史上有“如水”的别号，他曾写过“水五则”：

一、自己活动，并能推动别人的，是水。

二、经常探求自己的方向的，是水。

三、遇到障碍物时，能发挥百倍力量的，是水。

四、以自己的清洁洗净他人的污浊，有容清纳浊的宽大度量的，是水。

五、汪洋大海，能蒸发为云，变成雨、雪，或化而为雾，又或凝结成一面如晶莹明镜的冰，不论其变化如何，仍不失其本性的，也是水。

这“水五则”也就是“水的五德”，是值得参究的。我们每天要用很多水，有没有想过水是什么？要怎样来做水的学习呢？

要学习水，我们要做能推动别人的、常探求自己方向的、以百倍力量通过障碍的、有容清纳浊度量的、永不失本性的人。

要学习水，先要如水一般无碍才行。

茶味

我时常一个人坐着喝茶，同一泡茶，在第一泡时苦涩，第二泡甘香，第三泡浓沉，第四泡清冽，第五泡清淡，再好的茶，过了第五泡就失去味道了。

这泡茶的过程令我想起人生，青涩的年少、香醇的青春、沉重的中年、回香的壮年，以及愈走愈淡、逐渐失去人生之味的老年。

我也时常与人对饮，最好的对饮是什么话都不说，只是轻轻地品茶；次好的是三言两语；再次好的是五言八句，说着生活的近事；末好的是九嘴十舌，言不及义；最坏的是乱说一通，道别人是非。

与人对饮时常令我想起，生命的境界确是超越言句的，在有情的心灵中不需要说话，也可以互相印证。喝茶中有水深波静、流水喧喧、花红柳绿、众鸟喧哗、车水马龙等种种境界。

我最喜欢的喝茶，是在寒风冷肃的冬季，夜深到众音沉默之际，独自在清静中品茗，一饮而尽，两手握着已空的杯子，还感觉到茶在杯中的热度，热，迅速地传到心底。

犹如人生苍凉历尽之后，中夜观心，看见，并且感觉，少年时沸腾的热血，仍在心口。

野生兰花

万华龙山寺附近，看到几位山地青年在卖兰花。

他们的兰花不像一般花市种在花盆里的那么娇贵，而是随意用干草捆扎，一束束躺在地上。有位青年告诉我，这是他们昨日在东部的山谷中采来的兰花，有许多是冒着生命危险采自断崖与石壁。

“虽然采来很不容易，价钱还是很便宜的啦！”青年说。

“可是这从山里采来的兰花，要怎么种呢？”我看到地上的兰草有些干萎，忍不住这样问。

“没关系的啦，随便找个盆子种都会活。我们在山里随便拿个宝特汽水瓶种都会活的呢！”旁边一位眼睛巨大黑白分明的青年插嘴道。

“对了，对了。山上的兰花长在深谷里、大石边、巨树上，随便长随便活呢！”原先的青年说。山地人说国语的声调轻扬，真是好听。尤其是说“随便随便”的时候。

我买了一束兰花回来，一共有五株，不管三七二十一把它们种在阳台的空盆里，奇迹似的，它们真的就那样活起来。

这倒使我思考到一些从未想过的问题。从前一直以为兰花是天生的娇贵，它要用特别的盆子，要小心翼翼地照顾，价钱还十分的高昂，因此平常人家种盆栽，很少想到养兰花。现在知道兰花原来是深山中生长的花草，心中反倒有一些怅然，我们对兰花娇贵的认知，何尝不是一种知识的执着呢？

看着自己种植的野生兰花，使我想起自己非常喜爱的书画家郑板桥。郑板桥在画史上以画兰竹驰名，他性格耿介，与“扬州八怪”同时，是清朝艺术史上的明星。他有一次看见自己种在盆中的兰花长得很憔悴，有“思归之色”，就打破花盆，把兰花种在太湖石边，第二年兰花“发箭数十挺”，果然长得十分茂盛，花开得比从前更多，香味比往昔坚厚。他不禁题诗道：

兰花本是山中草，
还向山中种此花；

尘世纷纷植盆盎，
不如留与伴烟霞。

直到我种了野生的兰花，才稍稍体会了板桥写此诗的心情，他这是用来自况，不愿意在山东当七品官，希望回到自己的家乡与烟霞为伴。

郑板桥留下许多兰画，他的兰花与一般画家所画不同，他常把兰花与荆棘画在一起，认为荆棘也是一样的美，用以象征君子与小人杂处的感叹。晚年的时候，他爱画破盆的兰花，有一幅画他这样题着：

春雨春风洗妙颜，
一辞琼岛到人间；
而今究竟无知己，
打破乌盆更入山。

用来表白心中渴望辞去官职追求自由的志向，但也说明了兰花本身的遭遇。从琼岛来到人间的兰花，虽种在细心照顾的盆中却失去了山中的许多知己呀！

一个人本来自然活在世间，没有什么欲望，但当他过惯了娇贵的生活，就如同生在盆里的兰花，会失去很多自由、失去很多知己，所以人宁可像野生的兰花，活在巨石之缝、高山之顶、幽谷深处与烟霞做伴。这是自由与自在的追求，正如郑板桥最流行的一幅字所说："难得糊涂：聪明难，糊涂难，由聪明转入糊涂更难；放一着，退一步，当下心安，非图后来福报也。"

我最喜欢郑板桥写给儿子的四首儿歌：

二月卖新丝，五月粜新谷。
医得眼前疮，剜却心头肉。

耕苗日正午，汗滴禾下土。
谁知盘中飧，粒粒皆辛苦。

昨日入城市，归来泪满巾。
遍身罗绮者，不是养蚕人。

九九八十一，穷汉受罪毕。
才得放脚眠，蚊虫獦蚤出。

这歌中充满了大悲与大爱，真如深谷中幽兰的芳香，无怪乎当他被富人杯葛离开潍县令的任所时，百姓跪在道旁流着眼泪送他辞官归里。郑板桥终于回到家乡，像一株盆中的兰花回到山林，他晚年的书画为中国写下了光灿灿的一页。

我不是很喜欢兰花，因为感觉到它已沦为富者的玩物，但一想到山间林野的兰花丛时，就格外感知了为什么古来中国文人常把兰花当成知己的缘由。名士与名兰往往会沦为官富人家酬酢的玩物，尽管性格高旷、玉洁冰清，也只能在盆里吐放香气，这样想起来就觉得有无限的悲情。

从山地青年手里买来的野生兰花，几个月后终于枯萎了，一直到今天我还不确知原因，却仿佛听见了板桥先生的足声从很远的地方走近，又走远了。

龙井问茶

我是清明时节到杭州龙井村的，因为听说只有“明前龙井”才是最好的龙井，而且明前的龙井光是在杭州就不够卖，几乎不可能销到外地，唯有到杭州才可能找到真正的明前龙井。

但是，到了杭州，才知道即使在杭州也不一定能买到真正的龙井，更别说是明前茶了。

这次到杭州虽是应邀演讲，心里却记挂着要找时间去喝龙井茶。杭州的朋友知道我的心愿，我夜里抵达杭州是清明的第二天，他们就请我在西湖畔喝茶。我点了一杯龙井茶，喝了立刻大失所望，但口中不好意思说，心里直嘀咕：难道这就是我魂梦向往中的明前龙井吗？

幸好，第二天清晨就有机会到龙井村去品茶，而且巧遇今年龙井的“炒茶王”比赛正在御茶室举行，从各地选出来的炒茶高手，在御茶室一字排开，以手炒茶，香气飘扬到半里之外。

龙井茶的炒制方法，可能是中国茗茶中独一无二的。茶农把当天采来的茶菁，空手在热锅上压扁，经过一再炒压，直到将茶菁完全炒干为止。品相优美的龙井茶，扁如刀尖，色泽黄绿，一旗一枪，片片宛然。

我在炒茶王比赛的会场，巧遇“中国国际茶文化研究会”会长王家扬及执行会长杨招棣，还有一些评审委员，便请教他们关于炒茶王的标准。王会长告诉我，“龙井茶向有‘四绝’之誉，即色绿、香郁、味甘、形美，炒茶王比赛当然也以四绝做标准。”

至于为什么要把龙井茶炒得这么扁，则是有典故的。传说乾隆皇帝下江南时，曾到龙井茶区，亲手采撷茶芽数片，置于怀中（一说夹在书中），次日晨起，茶芽被压成扁平，形状甚美，香气甚浓，从此炒茶就炒为扁形了。

由于炒茶王比赛需时甚久，王家扬会长建议我，“何不到乾隆采过茶的地方看看？”

我们于是沿着山道散步到御茶社去看乾隆采过的十八棵御茶。杭州的朋友陈正中告诉我，那十八株御茶在清明前上过拍卖会，拍卖价为每斤三十万人民币，创下历史的新高价。我心里盘算着：三十万人民币不就是超过百万台币了，怎么可能?

正中说："那是因为稀有。想想看，三十万就能喝到与乾隆皇帝一样的茶，对有钱人是多么有吸引力！"

步行约二十分钟就到了乾隆采撷茶叶的"十八棵御茶"，茶并无特异之处，但用围墙圈了起来，成为一个著名的观光景点。我想到那些茶叶一斤值百万台币，忍不住摘了数片放在口中咀嚼。不知是心理作祟，还是清明的龙井原来就好，只觉一股清香直透胸臆。正中说："难得吃到御茶，多吃几片吧！"

我嚼了满口御茶，深深地呼吸，感慨地说："我们站在皇帝站过的土地，吃了皇帝吃过的茶，呼吸了和皇帝一样的空气，但我们一分钱也没有花呀！"

乾隆采御茶的地方，称为"狮子峰"，是真正龙井茶的产地，方圆只有三千米左右。

但是，由于狮子峰的龙井茶实在太少了，后来在西湖诸峰的茶都被称为"西湖龙井茶"。早年，西湖龙井茶分为四个品类：

产于狮子峰、龙井寺一带的称为"真正龙井茶"。

产于云栖、虎跑、梅家坞一带的称为"正路龙井茶"。

产于翁家山、杨梅岭、四眼井、九溪等地的称为"本山龙井茶”。

产于留下、上泗等地的称为“四路龙井茶”。

到了一九五三年，浙江省茶叶公司把龙井茶简化为“狮峰龙井”“梅坞龙井”和“西湖龙井”三个品类，直到一九六五年起，全部称为“西湖龙井”。

不管龙井如何分类，善于品茶的人都知道还是狮峰的龙井最好，至于为何同样在西湖诸山，狮峰的龙井会最好呢？清朝的程淯在《龙井访茶记》中提出了一个重要的观点：

> 龙井之山，为青石，水质略咸，含碱颇重。沙壤相杂，而沙三之一而强。其色鼠褐，产茶最良。迤东迤南，土赤如血，泉虽甘而茶味转劣。故龙井佳茗，意不能越此方里之外，地限之也。

如果以地质作为严格的标准，真正的龙井茶实在很有限，也正是我站在御茶园放眼四望那小小的一亩地而已。我蹲下来检视土地，果然如程淯所说，是鼠褐色，含有约三分之一的砂石，可见程淯是一个细腻的观察者。

正因为龙井茶的产地如此之小、产量如此有限，所以自古以来，都是一两难求的。

龙井茶的历史十分悠久，在陆羽《茶经·八之出》中就记载："钱塘（即今杭州）生天竺、灵隐二寺。"可见早在唐朝就有龙井茶，但龙井茶成为名茶则是在元代之后。"元四大家"之一的诗人虞集，晚年寓居杭州，在游龙井时喝到了用龙井泉烹煎的雨前春茶，吟有《次邓文原游龙井》的名诗，对龙井茶赞不绝口：

徘徊龙井上，云气起晴昼。
入门避沾栖，脱履乱苔甃。
阳岗扣云石，阴房绝遗构。
澄公爱客至，取水挹幽窦。
坐我檐葡中，余香不闻嗅。
但见瓢中清，翠影落碧岫。
烹煎黄金芽，不取谷雨后。
同来二三子，三咽不忍漱。

虞集把"雨前龙井"比作黄金之芽，而茶汤清澈到可以作为群山的倒影，含在口中，舍不得动一下口、舍不得吞下的小心翼翼的情景描绘得生动万分。

到了明朝，龙井茶更为有名，诗人孙一元曾赋《饮龙井》诗：

眼底闲云乱不开，偶随麋鹿入云来。
平生于物原无取，消受山中水一杯。

到了万历年间，龙井茶已是一叶难求了。诗人于若瀛的诗有“一串应输钱五万”之句，意思是说一串相当于四到五两的龙井茶，价格值五万钱。

西湖之西开龙井，烟霞近接南山岭。
飞流密泊写幽壑，石磴纡曲片云冷。
拄杖寻源到上方，松枝半落澄潭静。
铜瓶试取烹新茶，涛起龙团沸谷芽。
中顶无须忧兽迹，湖州岂惧涸金沙。
漫道白芽双井嫩，未必红泥方印嘉。
世人品茶未尝见，但说天池与阳羡。
岂知新茗煮新泉，团黄分列浮瓯面。
二枪浪自附三篇，一串应输钱五万。

诗人喝了龙井茶后大为感慨，认为龙井茶的品质超过四川蒙山的蒙顶茶、江西修水的双井茶、江佃虎丘的天池茶、江苏宜兴的阳羡茶，甚至还胜过团黄茶，可见他对井龙的评价之高。

由于天下人都说龙井茶好，清康熙皇帝就在杭州设了“行宫”，并把龙井茶列为贡品，任何一种东西只要被皇帝看中，就会变得更珍贵稀有，就更难得到了。

程淯的《龙井访茶记》一开头就写道：

> 龙井以茶名天下，在杭州曰本山。言本地之山，产此佳品，旌之也。然真者极难得，无论市中所称本山，非出自龙井；即至龙井寺，烹自龙井僧，亦未必果为龙井所产之茶也。

可见早在清朝宣统年间，真正的龙井茶就不易得，即使是到了龙井村，由龙井寺的和尚泡的茶都不一定是龙井真茶，何况是别的地方。

李敏达在《西湖志》里说：

> 在胡公庙前，地不满一亩，岁产茶不及一斤，以贡上方。斯乃龙井之冢嫡，厥为无上之品。

原来，真正的龙井，一年才产一斤茶，都献给皇上了，哪里还有龙井茶呢？

幸好现在的茶区扩大许多，产茶的方法也研究改进，总算平民百姓也可以喝到龙井茶了。

对龙井茶非常有研究的浙江图书公司老总毛振声，有一次和我在西湖边的茶馆喝龙井茶，对我说："真正的明前龙井很少有机会流落到外乡，原因之一是产量太少，光是杭州人就不够喝。原因之二是杭州嗜茶的人多，再贵的龙井，也有人敢喝。"

龙井茶，特别是明前的真正龙井茶，到底有多贵呢？

毛先生说："最早采的茶一斤一千元人民币是很普遍的，如果像去年收成不好，一斤明前茶要三千元才买得到。但是龙井茶是当日采制，所以从清明前到谷雨后，每天的价格都不一样，而且价差甚大。清明前一天采的卖到一千元一斤，后一天则是五百元，这是外地人很难了解的。龙井茶的神奇也就在这里，每天采的茶味道都是不同的呀！"

毛先生的话使我想起欧阳修写过的几句诗：

白毛囊以红碧纱，十斤茶养一两芽。

长安富贵五侯家，一啜尤须三日夸。

我们时常为台湾的高山茶、冻顶乌龙的价格昂贵而感慨，但那比起杭州的龙井茶也为之逊色了！

杭州嗜茶的人，以天价买来明前或雨前的龙井（最稀有的是“三前摘翠”，即社前、明前、雨前），会一两一两分开，以白棉纸包好，外面再包一层厚纸，置于瓮中，放在阴凉之处，每回只取出一两，余茶的香气才不致泄走。

“这样珍惜茶叶，是因为一年只有一次清明、谷雨呀！”毛先生风趣地说，“我每年把茶叶分装好，置于瓮中，再把瓮放在床下，每天睡觉时想到今年要喝的龙井茶都已储备好了，就睡得特别安心！”

我在杭州喝到许多上好的明前龙井，使我兴起的感叹是：“从前在台北喝的根本不是龙井呀！”也才知道，除非是懂茶的人不惜巨资到杭州亲自把茶带回台北，我们才能知道龙井茶为什么是千百年来的名茶，那些茶罐上贴着“龙井茶”的标志的，充其量只能说是压扁的茶叶罢了！

清明前后每天的茶价不同，杭州人最能深刻感受。在西湖畔有一个每天上市交易的茶叶市场，清明前后热闹非凡，但茶价是一天不如一天。

若以时间来分，清明前数日采制的品质最佳，为“明前茶”；从清明日到谷雨前采制的次之，叫“雨前茶”；谷雨日到谷雨后五日采制的，称“头春茶”;谷雨后六日到十日为“二春茶”；谷雨后第十一日到立夏日叫“三春茶”或“三尖”；立夏日后摘的茶则称为“四春”或“烂青”。二春之后的茶色青味苦，为行家所不喜。

由于明前茶稀有，因此清明之前的杭州茶市充斥着假茶、劣茶、伪茶。“假茶”是以其他地方的茶叶运来杭州炒制，外形虽同，气味则殊；劣茶是以茶叶粗者炒碎，犹如新芽，泡之则有粗糙涩味；伪茶更过分，有用柳树或榆树的新芽炒制，有用其他树芽炒制，外形色泽都像龙井，泡之则味苦，根本就不能喝。

“所以，买明前龙井的不二法门，就是找有信誉的茶行商家，用稍贵的价钱，品质才有保证。如果要用便宜的价格买好茶，则要亲自到茶乡向茶农购买。多看看多问问，遇到好茶，价钱又合宜，便一次买足，这种亲自到茶乡找茶，就称为‘龙井问茶’呀！”毛总经理说。

我们从御茶社回到炒茶王比赛的现场，茶王已选出来了，我们就在当地买了一些明前茶，每斤要价人民币九百元，品质算是很好的。这应是“有信誉的茶行商家”，后来我在翁隆盛茶行买了一些龙井，在虎跑泉的商店也买了一些产自狮峰的明前茶，价格在七八百元左右。回到旅店试喝，未泡时色如黄金，遇水则成碧翠；未泡时香气如炒过的糙米，遇水则有兰荷之气；味爽鲜醇，清气沁脾，真是令人“三咽不忍嗽”呀！

离开杭州的前两天，为我们开车的世贸中心司机康师傅，带我去六和塔看钱塘江的路上，突然拿出一包龙井茶，问我，“林老师，你看这茶叶如何？”

我把那道用纸包着的茶叶打开，顿时香气弥漫车厢，在打开的那一刹那我就知道比我找到的茶都要好。

康师傅说，他有一个朋友是满觉陇的茶农，送了几两好茶给他，他看我们找茶找得辛苦，说可以到朋友处看看。

“满觉陇？这名字真好听！”我说。

同行的来钧兄介绍说，满觉陇是盛产桂花的地方，茶叶由于熏了桂香，并不输给狮子峰。每年到了秋天，满觉陇的百年桂花盛开，清晨时分，农夫把纸铺在桂树下，去忙着农事。中午的时候回到树下，满地的桂花，以纸就地包起来，就是一包桂花了。

听得我非常向往，脑中浮现出秋风轻吹、桂花落在满地白纸上的情景。

这也为我解开了一个思考了多年的谜题，我以前常疑惑，一大包才一百元的桂花要怎么采？又要采多少呢？现在才知道采桂花的非人，而是秋风。

央求康师傅无论如何要带我们去满觉陇，“而且去的时间要快于吃一碗康师傅方便面。”我说。

满觉陇果然是优美非凡的地方，满路全是一两丈高的桂树，可惜开花的季节未到，不然一定可以闻着桂香走入茶家。

康师傅的朋友在家，屋外放着今晨才从山上采来的茶叶，放在屋檐下“晒青”。

康师傅一见面就对朋友说：“你尽管把最好的茶拿出来，这些都是懂茶的朋友。”

茶农正色说：“我这里只有最好的茶，没有别的了。”

但他又说，明前茶早就被抢光了，现有的茶是昨天——也就是清明后三日——采的，品质与明前的几乎一样，但价钱只有一半。

他泡了两杯给我们试喝，只见茶叶扁平光直、叶底黄绿，在水中浮浮沉沉。明亮澄清的色泽融于水中，隐隐有桂花之气，滋味鲜嫩、清香、醇和。我闭着眼睛，缓缓咽下茶汤，只发出一声轻浅的叹息。

康师傅着急地问：“怎么样？”

我说：“要不是接下来要去十个城市演讲，我会把所有的茶都买了。”

于是，购满觉陇龙井茶数斤，每斤五百元。

离去的时候，忍不住问茶农：“在秋天桂花盛开的季节，采不采茶呢？”我想到陆游有咏秋茶诗：“客生闻吠犬，草茂有鸣蛙。日映方炊饮，秋深始采茶。”如果在桂花香中采茶，一定另有滋味，福建安溪产的秋茶，名叫“秋香”，香气高爽不逊春茶，故有此问。

茶农说：“有呀！采一两次，可以让明春的茶叶长得更好，但秋茶味道苦，价钱便宜，喝惯春茶的人不习惯的！”

苦，有时意味的是深厚，明代的许次纾在《茶疏》中说：“往日无有秋日摘茶者，近乃有之。秋七八月重摘一番，谓之早春，其品甚佳。”想到茶芽与桂花同出，在桂树下饮茶，一阵风来，花落满杯，那会是什么样的茶？又会是什么样的秋天呢？我默默许下秋日带妻子来满觉陇饮茶赏桂的心愿，这使我想到苏轼在杭州喝茶时曾写过这样的诗句：

白云峰下两旗新，腻绿长鲜谷雨春。
静试却如湖上雪，对尝兼忆剡中人。

喝着细腻鲜醇的谷雨春茶，静静地尝试着就像湖上下起了雪，品味这么好的茶，心里忆念着剡中的朋友呀！

茶，是为了友谊而存在世间的；最好的茶，则是为了知味的人存在世间。我们到处找茶品茶，不也是渴望着与知味的人对饮吗？

西湖的落雪融了，我们穿过柳树与桃花盛开的湖边，环着西湖有三百多家茶馆，我们一家一家地走过，去赴生命的另一个约会。

花燃柳卧

植物园的荷花已经谢尽了。荷花池畔的柳树在秋末的雨中却正青翠。

过去的岁月中，我经常到荷花池去散步，每次到植物园看荷花，我总是注意到荷花的丰姿、花在季节里的生灭，觉得荷花实在是很感性的植物。有人说它清纯，那是只注意到荷花开得正盛的时候，没有看到它从花苞到盛放，甚至到结出莲蓬的过程。它在一张一开之间，冬天就到了。

由于荷花是那样迷人，使人在看荷花的时候几乎就忘了身边的其他景物。有一天我坐在荷花池畔，凉风习习的黄昏，竟在凉椅上斜着头睡着了。醒来的时候，看到池中的荷花显出一种疲惫的样子，然后我就看到池边的柳树，正在黄昏的时候展出一种魅力。

我想到，荷花再美，如果没有柳树陪衬，它恐怕也会黯然失色了。柳树平常时候好像睡在旁边，静静地卧着，可是它活在季节之上，在冬风之中，所有的花全部落尽，柳树却像一个四处游方的孤客，猛然在天涯海角的一边走出来，如果我们看柳树能有另一种心情，就会发现它的美并不在别的花之下。如果说荷花是一首惊艳的诗，柳树就好像诗里最悠长的一个短句，给秋天做了很好的结论。

我是个爱花的人，花在泥土上是一种极好的注解，它的姿形那么鲜活，颜色那么丰富，有时还能散发出各种引人的馨香，但是世上没有长久的花。有一次，我到彰化县的田尾乡去，那时秋天已经过尽，初冬的冷寒掩盖了大地，田尾的花农已经收成了所有的花，正等待春天的消息。我到花田里去，这时一向被称为繁花都城的乡镇有了不可思议的景象。玫瑰剪了枝，剩下光秃秃的枝丫；菊花全被连根拔起，满目的疮痍。

陪我到田里的花农告诉我，“你来得不巧，应该在春天的时候来，花是活在春天的。”后来他提议去看看盆景，只有盆景是不凋的，我拒绝了，因为我只对真正长在土地上的有兴趣。

田尾繁花谢尽等待春天的经验，使我开始深思花的精魂。

在人世里，我们时常遇到花一样的人，他们把一生的运势聚结在一刻里散放，有让人不可逼视的光芒，可是却很快地消逝了。

反而是那些长期默默地挺着枝干的柳树，在花都落尽了、新的花还没有开起的时刻，本来睡在一侧的柳树就显得特别翠绿。有时目中的景物没有特别的意义，只是通过人的眼、人的慧心，事物才能展现它的不凡。

我想起一则希腊数学家和物理学家阿基米德的故事。当罗马帝国侵略希腊的时候，阿基米德正全神贯注地在铺了一层沙土的房子内，喃喃自语地演算着奇怪的几何图形，几个罗马兵冲进来，粗鲁地践踏着沙土，并且捉着阿基米德大叫："你是谁？"

阿基米德大怒，吼道："走开，不要踩坏了我的图形！"罗马兵一气之下，一刀杀了这个伟大的数学家和物理学家。这个故事给我的启示不是他对于学术追求的专注，而是他手上只拿了一根树枝，写的只是沙土。

树枝和沙土是多么简单的东西，任何人都可能拿它写出一些字句，可是它到了数学家之手，却可能为人世留下不朽的真理。

阿基米德的故事是宜于联想的，我时常看到这样一种景象：一棵美丽的牵牛花开在竹篱笆上，牵牛花轻快欢欣地在风中飞扬，要把生命的光彩在一天开尽，可是如果没有竹篱笆呢？美丽的牵牛花就没有依附的所在了。

纯美的事物有时能激发人的力量，有时却也使人软弱。美如果没有别的力量支撑，它就是无力的，荷花和杨柳就是这样的关系。

我愈来愈觉得我们的社会会向花一样燃烧的方向走去。物质生活日渐丰盛，文明变成形式，人们沉浸在物欲的享受里。在那样的世界，人人争着要当荷花，谁肯做杨柳？谁肯做数学家手中的树枝和沙土呢？

南　国

我喜欢王维一首简短的诗：

红豆生南国，
春来发几枝。
愿君多采撷，
此物最相思。

尤其喜欢这首诗里的“南国”与“相思”，南国是在什么地方呢？南国又象征了什么呢？对于写这首诗的王维，他当时是在北地还是南国？他有没有特别思念着的人呢？

相对于“南国”的是“北地”，而相对于“春来”的是“秋去”，它的意象就这样丰富了起来：在南国的人采了红豆，想到好不容易到了春天，又想到秋天的时候到北地去的人，他是不是有着相思呢？

相思？

是的，“相思”是多么高洁的意象呀！我一直认为相思是爱情中最动人的素质，相思令人甜美、引人伤怀、使人辗转、让人悲绝，古来中国的爱情中最常见的病就是“相思病”，有因相思而憔悴的，也有因相思而离开世间的。

相思就是“互相的思念”，看红豆时可以想到故人旧情，只是一种象征。事实上相思是一种心行，从心而有，心里想念着故人，就是寒夜中闪动的萤火，都像是情人寄来的灯盏啊！

在佛经里说“人惟情有”，是说投生到这世界的人，就是为了情而投生的，他们存情、执情、迷情，甚至惟情，使人因此生生世世在情里流转。这种“情有”就是“隔世的相思”，可见相思不仅能穿破空间无限的藩篱，甚至能打破时间生世的阻隔。

我们因为舍不得离开在世间曾有的情爱，再轮回时又回来和亲人情侣相会，这时就有了因缘。我们的相思使我们的因缘聚合，但在因缘尽了的时候又使我们因离别而相思。

从生死因缘的观点来看，我们若是从南国离开这个世间，那么我们为了和从前的因缘相会，就会因情爱再投生到南国去。佛经里说我们这个世界是“娑婆世界”，又说是“南阎浮提”，南阎浮提不正是我们堕入相思迷惘的南国吗？

有许多许多人，他们在面对情爱的时候，最常挂在口中的是“随缘”，也就是随着因缘流转，缘生固然是好，缘灭也不悲忧，可是随缘总有无助的味道，完全随缘，就是完全的流转，将会留下不少的憾恨。

我想，更好的态度是“惜缘”，珍惜今生的每一次会面、珍惜今生的每一次爱情，甚至珍惜每一次姻缘的散灭，才使我们能相思、懂得相思，并且在相思时知道因缘的真谛，而不存有丝毫的遗憾与怨恨。

现代人最可怕的是失去了对“相思”的认识，大部分人都不能真正惜缘，使得情人间的爱都成为“露水姻缘”，露水是不能隔日的，还能有什么相思呢？

让我们心情幽静地来读一次王维的诗：“红豆生南国，春来发几枝。愿君多采撷，此物最相思。”我们是不是相思起南国或北地的人呢？当我们能相思的时候，我们的心就像一面澄澈的湖水，可以照见情爱中高洁的境界。

我们的相思，可以使我们的意念如顺风的船，顺利地驶向目的地；但这种意念顺利地开拔，是不是让我们从相思里产生一些自觉呢？自觉到我们的生命所要驶去的方向，这样相思才不会因烧灼使我们堕落，且因距离而使我们清明。

生活中美好的鱼

在金门的古董店里，我买到了一个精美的大铜环和一些朴素的陶制的坠子。

这是我从未见过的东西，使我感到疑惑。

古董店的老板告诉我，那是从前渔民网鱼的用具，陶制的坠子一粒一粒绑在渔网底部，以便下网的时候，渔网可以迅速垂入海中。

大铜环则是网眼，就像衣服的领子一样，只要抓住铜环提起来，整个渔网就提起来了，一条鱼也跑不掉。

夜里我住在梧江招待所，听见庭院里饱满的松果落下来的声音，就走到院子里去捡松果。秋天的金门，夜凉如水，空气清凉有薄荷的味道，星星月亮一如水晶，我突然想起韦应物的一首诗《秋夜寄邱员外》：

怀君属秋夜，
静步咏凉天。
空山松子落，
幽人应未眠。

想到诗人在秋天的夜晚，散步于薄荷一样凉的院子里，听见空山里松子落下的声音，想到那幽静的人应该与我一样在夜色中散步，还没有睡着吧！忽然感觉韦应物的这首诗不是寄给邱员外，而是飞过千里、穿越时间，寄来给我的吧！

回到房中，我把拾来的松果放在那铜环与陶坠旁边，觉得诗人的心与我的心十分接近。诗人、文学家、艺术家，乃至一切美的创造者，正是心里有铜环和陶坠的人。在茫茫的生命大海中，心灵的鱼在其中游来游去，一般人由于水深海阔看不见美好的鱼，或者由于粗心轻忽，鱼就游走了。

有美好心灵、细腻生活的人，则是把陶坠子深深沉入海中，由于铜环在手，波浪的涌动和鱼的游动都能了然于心，垂丝千尺，意在深潭，捕捉到那飘忽不定的思想的鱼、观点的鱼。

作为平凡人的喜乐，就是每天在平淡的生活里找到一些智慧的鱼，时时在凡俗的日子捞起一些美好的鱼。

让那些充满欲望与企图的人，倾其一生去追求伟大与成功吧！

让我们擦亮生命的铜环和生活的陶坠子，每天有一点甜美、一点幸福的感情，就很好了。

夜里散散步，捡拾落下的松果，思念远方的朋友，回想生命的种种美好经验，这平淡无奇的生活，自有一种清明、深刻和远大呀！

云在青天水在瓶

春日清晨，到山上去。

大树下的酢浆草长得格外肥美，我轻轻地把草和花拈起，摘一大束，带回家洗净，放在白瓷盘中当早餐吃。我把这一盘酢浆草端到窗前，然后我慢慢地咀嚼酢浆草，品味它的小小的酸楚，感觉到能闲逸无事地吃着如此特别的早餐，是一种不可言说的幸福。

我看着用来盛装酢浆草的白瓷盘，它的造型和颜色都很特别，是平底的椭圆形，滚着一圈极细的蓝线。它不是纯白色的，而是带着古玉一样的质感。我一直对陶瓷有一种偏爱，最精致的瓷与最粗糙的陶，都能使我感动。最好是像我手中的白瓷盘。不是高级到需要供奉，而是可以拿到生活里来用；

但它一点不粗俗，只放着观赏，也觉得它超越了实用的范围。

如果要装一些有颜色的东西，我也喜欢用瓷器，因为瓷器会把颜色反射出来，使我感受到人间的颜色是多么的可贵。白色的瓷盘不仅仅用来装食物，也可放上几个在河边小溪捡到的石头。那原本毫不起眼的石头，洗净了自有动人之美。那种美，使我觉得随手捡来的石头也可以像宝石一样，以庄严之姿来供奉。

从手里的白瓷盘，我觉得我们生在这个世界，应该学习更多更深刻的谦卑与感恩。我们住的这个地方，不管任何季节走进树林去，都会发现到处充满了勃勃生机：草木吸收露珠，承受阳光，努力生长；花朵握紧拳头，在风中奋斗，然后伸展开放；蝉在地底长期蛰伏，用漫长的几年的爬行，才能有枝头短暂悠扬的歌。不管是什么生命，它们都有动人的颜色，即使是有毒的蛇、蜘蛛。如果我们懂得去欣赏，就会看见它们的颜色是多么活泼，使我们感到生命的伟大力量。

抬起头来，看到云天浩渺，才感到我们住的地球是多么的渺小，地球上的每一个生命是多么渺若微尘，在白色、红色、蓝色的星星的照耀下，我们行过的原野是何其卑微。幸而，这世界有这么丰富的颜色，有如此繁茂的生命，使我们虽渺小也是可以具足、虽卑微而不失庄严。

我们之所以无畏，是因为我们可以把生命带进我们的心窗，让阳光进入我们的心灵，洗涤我们身心的尘埃，让雨水落入杂乱的思绪，使我们澄明如云。我觉得人可以勇迈雄健，那是因为人并不独立生活在世界的生命之外。每一个人是一个自足的世界，而世界是一个人的圆满。

自性的开启，不是走离世界，而是进入宇宙之心。

我愿学习白瓷盘，收敛自己的美来衬托一切放在盘上的颜色，并在这些颜色过后再恢复自己的洁白。就好像生命的历程里，一切生活经验都使它趋向美好，但不沉溺于这种美好。

秋天的山茶花

在学校里为学生上创作课，学生希望我讲讲生活与美，由于学生的人数不多，我说："我们今天到草坪去上课好了。"学生都非常欢喜，我说："因为真正的生活与美，都不是在课堂学得的。"

我们围坐在青绿的草地上，秋日晨间的和风夹着雾气在草地流荡，枫树正在转红，樱桃树则伸展着叶子，满山芒草沿着山坡，一层一层往下开去，而种植在草地周围的山茶花树最动人，有的红、有的白，花瓣落了满地。

学生都沉浸于这秋日的宁静与美，我说："美不是特别的东西，也不是独立存在的，美是由生活的感受而生呀！"

至于如何在生活中感受那深刻的美呢？就是观察、体验、思维、表达的过程。

观察可以分为“异中求同”“同中求异”。“就像我们坐在同一片草地上，一个月前山茶花还没有开，现在盛开了，这是让我们在同中看见了异，便会觉知到美。而我们眼见的山茶、菅芒花都是在秋天开的，都是山间野地的花，它们有共同的一些特质，这就是异中求同。”我对学生说。

我们每个人的生活也是这样，我们的生活习惯、特质、感受都是独一无二的，但是经过提升后的美好经验却可以分享，像温暖的阳光、美丽的花朵、雨后的彩虹、纯净的山林，乃至文学、音乐、艺术的创作，等等，这是“异中求同”，使我们与人群的美有所汇通、交流。

其次，我们的美好经验虽能共享，可我们每天的生活是在重复的，起床、漱洗、上学或上班、吃饭、睡觉，我们的生活实在是一个“例行公事”、一个“形式主义”，如何在这看来都一样的生活中找到美好的不同呢？例如与朋友在街头的偶然相遇，例如情感的欢喜或失落，例如照镜时看见自己的白发……我们若以例行公事看生活，生活天天都一样；我们若能独具彗眼看生活，生活每一刻都在变化，这是“同中求异”。

“当我们学会观察以后，接下来就是体验了。”我对同学们说。

我教他们依序去嗅闻山茶花的味道，观察山茶花的花形，并试着以直觉说出来。

“有檀香的味道。”

“有一点霉味。”

“好像有茉莉的味道。”

“一点香味也没有。”

“样子有些像牡丹。”

“像芙蓉！”

“像蔷薇花。”

当同学们都说完了，我说，刚刚大家的体验还是离不开花。但是如果陷于花的形状和香味，我们的美就没有空间，因为美需要想象，也需要思维。我们或者可以这样说：“山茶花的香是一种秋天的香，非常清甜。”

“山茶花的味道使我想起当年她离去时咖啡室中的空气，暗香飘在霉味中。”

山茶花的形状呢？

“或者可以说是像清晨被风卷起的朝霞，或者可以说是情人初见时惊喜的样子……就是要从现实进入想象，并且思考其价值与意义，最后用明白的方式表达出来。”

有一位同学说：“老师，如果我们不表达呢？是不是也一样有美的感受？”

我说：“美的感受如果没有表达，这感受就不完整、不圆满，这就是为什么艺术家要创作的原因。”

另一位同学说：“可是我们不一定要做艺术家。”

“是呀！我们不一定要做艺术家，但我们在每天的生活中都要表达感情，凡是感情的表达都是在美的范围。我们现今的教育，很少教我们去生活、去感受、去创发更美的世界，那不是教材或制度的问题，而是主持教育的人很少去表达，表达对人生的热爱、真诚与向往，做学生的也就难以表达了。”

一位扎着辫子的女生说：“老师！如果我们有一天学习到观察、体验、思维、表达，我们懂得美了，生活是不是会更幸福呢？”

我说：“那是可以肯定的，不过，美是没有止境的，当我们说自己懂得美，那不是一个结局，生活与美是需要终生学习的。就像今天我们看到山茶花开了，还有整个秋天值得我们思维哩！”

下课钟响了。

我看着这些年轻俊美的少年少女，轻巧地离开草地，有的踩过山茶花的花瓣，我想到一个还来不及讲的观点，就是美要及时，趁秋日要珍惜山茶花开，否则就要等明年的秋天了。

种 草

“我们带一点草回去种好吗？”带孩子去爬山的时候，他好几次提出了这样的要求。

最近住在乡下，每天黄昏的时候，如果天气好，我总会和孩子到后山去走走，偶尔也到山下去看农人的稻田，走过泥土坚实的田埂，看着秋天的新禾在微风中生长。

对于在城市中长大的孩子，看到乡下的一切都感到非常新鲜，尤其看到没有看到过的东西。有一次我们在田埂上走，他说：“爸爸，我们带一些稻子回去种好吗？”

“为什么呢？”

“因为稻子长大，我们就不必买米了，要煮饭的时候，自己摘来煮就好了。”孩子充满期盼地说，就仿佛自己种的稻子已经长成。

“要种在哪里呢？”我说。

“我们家不是有很多空花盆吗？把稻子种在里面就行了呀！”

我只好告诉他，种稻子是很艰难的工作，可不比种一般的盆景，要有一定的水土，还要有非常耐心的照顾，我们是无法在花盆里种稻子的。

“那么，我们种牵牛花吧！牵牛花也很美。”孩子说。

有一次，我们就摘了很多牵牛花的藤蔓，回去种在花盆，可惜不久后就都枯萎了。孩子很纳闷，说：“为什么在野外，它们长得那么好，我们每天浇水，它们反而长不出来呢？”

后来我们挖了一些酢浆草回家，酢浆草很快就长得很茂盛，可惜过了花期，开不出紫色的小花，我对孩子说：“等到明年，这些酢浆草就会开出很美丽的花。”

在孩子的眼里，什么都是美丽的，连山上的野草也不例外。我们第一次上山的时候，他简直惊叹极了，即使是夏秋之交，山上的野草也十分繁盛，就好像是春天一样。尤其是在夕阳之下、微风之中，每一株小草都仿佛是在金黄色的舞台上跳舞，它们是那么苗条而坚韧，以一种睥睨的态势看着脚下的世界。从远处看，野草连成一片，像丝绒一般柔软而温暖。

孩子看着这些草，禁不住出神地说：“爸爸，我们带一点草回去种好吗？”

听到这句话时，我略微一震，“种草？”对一个出生在农家的我来说，这是多么新奇而带点荒唐的想法。我们在田野里唯恐除草不尽，就是在花盆里也常常把草拔除，可这孩子居然想到种一盆草！

孩子看我无动于衷，用力拉我的手，说：“爸爸，你不觉得草也和花一样美吗？如果能种一盆草放在阳台，它就好像在山上一样。”

孩子的话立刻使我想到自己的粗鄙，花草本身没有美丑，只因为我心里有了区别，才觉草不如花。若我能把观点回到赤子，草不也是大地的孩子，和一切的花同样美丽吗？于是我说：“好吧！我们来种一盆草。”

种草就不必像种花那么费事，我们在山上采草茎上成熟的种子，草种通常十分细小，像是海边的沙子，可是因为数量很多，一下子就采了一口袋。回到家里，我们把一些曾种过花而死去的空花盆找来，一把把的草种撒在上面，浇一点水，工程很快就完成了。孩子高兴得要命，他的快乐比起从花市里买花回来种还要大得多。

一星期后，每一个花盆都长出细细绒绒的草尖，没有经过风沙的小草，有一种纯净的淡绿，犹如透明的绿水晶，而且株株头角峥嵘，一点也不忸怩作态，理直气壮地来面对这个与它的祖先完全不同的人世。

孩子天天都去看他亲手植种的绿草，那草很快地长满整个花盆，比阳台上的任何一盆花都要茂盛，我们有时把草端到屋内的桌上，看起来真的一点也不比名花逊色。看着一盆盆的野草，我有时会想起我们这些从乡野移居到城市讨生活的人，尽管我们适应了盆里的生活，其实并未改变来自乡野的姿色，而所有的都市人，他们或他们的祖先，不都是来自乡野吗？只是有的人成了名花，忘记自己的所在罢了。这样想时，常使我有一种深深的慨叹。

所有的名花都曾是乡野的小草，即使是最珍贵的兰花，也是从高山谷地移植而来，而那名不闻世的野草，如果我们有清明的心来看，不也和名花无殊吗？

自然的本身是平等无二的。在乡野的山谷我们看见了自然的宏伟；在小小的花盆里，不也充满了生命的神奇吗？

白玉盅

在所有的蔬菜里，苦瓜是最美的。

苦瓜外表的美是难以形容的，它晶润透明，在阳光中，仿佛是白玉一般，连它长卵形的疣状突起，都长得那么细致，触摸起来清凉滑润，也是玉的感觉，所以我觉得最能代表苦瓜之美的，是清朝的玉器“白玉苦瓜”。白玉苦瓜是清朝写实性玉雕的代表之作，历来只看到它的雕工之细写实之美，我觉得最动人的是雕这件作品的无名艺匠，他把“白玉”和“苦瓜”做一结合，确实是一个惊人的灵感。

比较起来，虽然“翠玉白菜”的声名远在“白玉苦瓜”之上，但是我认为苦瓜比白菜更近于玉的质地，不仅是视觉的、触觉的，或者感觉的。

苦瓜俗称“锦荔枝”“癞葡萄”，白玉苦瓜表现了形象的美，但是我觉得它还不能完全表现苦瓜的内容，以及苦瓜的味觉。苦瓜切开也是美的，它的内部和种子是鲜红色，像是有生命流动的鲜血。有一次我把切开的苦瓜摆在白瓷的盘子里，红白相映，几乎是画笔所无法表达的。人站在苦瓜面前，尤其是夏天，心中就会漫上一股凉意，那也只是一种感觉而已。

不管苦瓜有多么美丽，它还是用来吃的，如果没有吃过苦瓜，谁也不会想到那么美的外表有那么苦的心。我年幼的时候最怕吃苦瓜，因为老使我想起在灶角熬着的中药，总觉得好好的鲜美蔬菜不吃，为何一定要吃那么苦的瓜，偏偏家里就种着几株苦瓜，有时抗议无效，常被妈妈通告苦着脸吃苦瓜，说是苦瓜可以退火，其实是因为家中的苦瓜生产过剩。

嗜吃苦瓜还是这几年的事。也许是年纪大，经历的苦事一多，苦瓜也不以为苦了；也许是苦瓜的美，让我在吃的时候忘却了它的苦；我想最主要的原因，应该是我发现苦瓜的苦不是涩苦、不是俗苦，而是在苦中自有一种甘味，好像人到中年怀想起少年时代惆怅的往事，苦乐相杂，难以析辨。

苦瓜有很多种吃法，我最喜欢的一种是江浙馆子里的“苦惯生吃”，把苦瓜切成透明的薄片，蘸着酱油、醋和蒜末调成的酱，很奇怪，苦瓜生吃起来是不苦的，而是又香又脆，在满桌的油腻中，它独树一帜，没有一道菜比得上。有一回和画家王蓝一起进餐，他也最嗜苦瓜，一个人可以吃下一大盘，看他吃苦瓜，就像吃糖，一点也不觉得苦。

有一家江浙馆里别出心裁，把这道菜叫作“白玉生吃”，让人想起白玉含在口中的滋味，吃在口里自然想起故宫的白玉苦瓜，里面充满了美丽的联想。

画家席德进生前也爱吃苦瓜，不但懂吃，自己还能下厨；他最拿手的一道菜是苦瓜灌肉，每次请客都亲自做这道菜，上市场挑选最好的苦瓜，还有上好的腱子肉，把肉细心地捣碎以后，塞在挖空的苦瓜里，要塞到饱满结实，或蒸或煮，别有风味。一次，画家请客，我看到他在厨房里剁肉，小心翼翼塞到苦瓜中去，到吃苦瓜灌肉时，真觉得人生的享受无过于此。我们开玩笑地把画家的拿手菜取名为“白玉盅”，如今画家去了，他拿手的“白玉盅”也随他去了，我好几次吃这道菜，总品不出过去的那种滋味。

苦瓜真是一种奇异的蔬菜，它是最美的和最苦的结合，这种结合恐怕是造物者的“美丽的错误”。以前有一种酸酸甜甜的饮料，广告词说是“初恋的滋味”，我觉得苦瓜可以说是“失恋的滋味”，恋是美的，失是苦的，可是有恋就有失、有美就有苦，如果一个人不能尝苦，那么也就不能体会到那苦中的美。

我们都是吃过苦瓜的，却少有人看过苦瓜树。去年我在南部，看到一大片苦瓜田里长出累累的苦瓜，农民正在收采，他们把包着苦瓜的纸解开，采摘下来，就像在树上取下一颗颗的白玉。我站在田边，看着挑篮中满满的苦瓜，心中突然感动不已，我想，真正的苦瓜生命里的美，是远远比故宫橱窗里的苦瓜还令人感动的。

我买了一个刚从田里采下的苦瓜，摆在家里，舍不得吃；放置几天以后，苦瓜枯萎了，失去了它白玉般的晶亮与透明，吃起来也丝毫不苦，可风味尽失。这使我想起了人世间的许多事，美与苦是并生的，人不能只要美而不要苦，那么苦瓜的创作不能说是美丽的错误，它是人生真实的一个小影。

第四辑　忧欢派对

忧欢派对

有两位武士在树林里相遇了，他们同时看见树上的一面盾牌。

“呀！一面银盾！”一位武士叫起来。

“胡说，那是一面金盾！”另一位武士说。

“明明是一面银制的盾，你怎么硬说是金盾呢？”

“那是金盾是明显不过的，为什么你强词夺理说是银盾？”

两位武士争吵起来，始而怒目相向，继而拔剑相斗，最后两人都受了致命的重伤，当他们向前倒下的一刹那，才看清树上的盾牌，一面是金的，一面是银的。

我很喜欢这则寓言，因为它有极丰富的象征，它告诉我们，一件事物可以两面来看，如果只看一面往往看不见真实的面貌，因此，自我观点的争执是毫无意义的。进一步地说，这世界本来就有相对的两面：欢乐有多少，忧患就有多少；恨有多切，爱就有多深；祸兮福所倚，福兮祸所伏。所以我们要找到身心的平衡点，就要先认识这是个相对的世界。

人的一生，说穿了，就是相对世界追逐与改变的历程，我们通常会在主客、人我、是非、知见、言语、动静中沉浮而不自知，凡是合乎自己所设定的标准时，就会感到欢愉幸福，不合乎我们的标准时，就会感到忧恼悲苦，这个世界之所以扰攘不安，就是由于人人的标准都不同。而人之沉于忧欢的漩涡，则是因为我们过度地依赖感觉。感觉乃是变幻不定的、随外在转换的东西，使人像走马灯一样，不停地变换悲喜。

把人生的历程拉长来看，忧欢是生命中一体的两面，它们即使不同时现出，也总是相伴而行。

佛经里就有一个这样的故事：有两位仙女，一位人见人爱、美丽无比，名字叫作“功德天”；另一位人见人恶、丑陋至极，名字叫“黑暗天”。当功德天去敲别人的门时，总是受到热烈招待，希望她能永远在家里做客，可是往往她只住很短暂的时间，丑陋的黑暗天就接着来敲门，主人当然拒绝她走进家门一步。

这时候，功德天与黑暗天就会告诉那家的主人，“我们是同胞姊妹，向来是形影不离的。如果要赶走妹妹，姊姊也不能单独留下来；如果要留下功德天，就必须让黑暗天也进门做客。”

愚蠢的主人就会把姊妹都留下来，他们为了享受功德，宁可承受黑暗。有智慧的主人则会把两姊妹都送走，宁可过恬淡的生活。

这也是一个非常有象征意味的寓言，它启示我们，有智慧的人“无求”，他知道人生的忧欢都只是客人而已，并非生命的本体，唯有不执着于功德的人，才不会有黑暗的侵扰——也唯有不追求欢乐的人，才不会落入忧苦的泥沼。

忧欢时常联手，这是生活里最无可奈何的景况，期许自己不被感觉所侵蚀的人，只有从超越感官的性灵入手。

有一次，我到一间寺庙去游玩，看到庙前树上挂着的木板上写着：

心安茅屋稳，
性定菜根香；
世事静方见，
人情淡始长。

安、定、静、淡应该是对治感官波动、悲喜冲击的好方法，可是在现实里并不容易做到。不过，对一个追求智慧的人，他必须知道，幸福的感受与人的心情态度有着密切的关系，有时候，那些看似平淡的事物反而能有深刻悠长的力量，这就是为什么在真实相爱的情侣之间，一朵五块钱玫瑰花的价值，不比一粒五克拉的钻石逊色的原因。

有一首流行甚广的民谣《茶山情歌》里有这样几句：

茶也青哟，
水也清哟，
清水烧茶，
献给心上的人，
情人上山你停一停，
喝口清茶，
表表我的心！

我每次听到这首歌，就深受感动，这原是采茶少女所唱的情歌，用青茶与清水来表达自己的情感，真是平常又非凡的表白。一个人的情感若能青翠如寒山雾气中的茶、清澈若山谷溪涧的水，确实是值得珍惜，可以像珍宝一样拿出来奉献的。

一杯清茶也可以如是缠绵，使人对爱情有更清净的向往，在爱恨炽烈的现代人看来，真是不可思议。然而，我们若要了解真爱，并进入人生更深刻的本质，就非使心情如茶般青翠、水样清明不可，可叹的是，现代人喝惯了浓烈的忧欢之酒，愈来愈少的人能懂得茶青水清的滋味了。

明代有一首山歌，和《茶山情歌》可以前后辉映：

> 不写情词不写诗，
> 一方素帕寄心知，
> 心知接了颠倒看，
> 横也丝来竖也丝，
> 这般心事有谁知？

一条白色的手帕，就能够如此丝缕牵缠，这种超乎言语的情意，现在也很少有人知了。

情爱，算是人间最浓烈的感觉了，若能存心如清茶、如素帕，那么不论得失，情意也不至于完全失去，自然也不会反目成仇、转爱成恨了。只是即使淡如清茶还是忧欢的波澜，不能有清净的究竟，历史上的禅师以观心、治心、直心的方法来超越，使人能高高地站在忧欢之上，我们来看两个公案，可以让我们从清茶、素帕再进一步，走入“高高山顶立，深深海底行”的世界。

有一位名叫玄机的尼师去参访雪峰禅师，禅师问说：“什么处来？”

曰：“大日山来。”

师曰：“日出也未？”

曰：“若出，则融却雪峰。”

师曰：“汝名什么？”

曰：“玄机。”

师曰：“日织多少？”

曰：“寸丝不挂。”

雪峰听了默然不语，玄机十分得意礼拜而退，才走了三步，雪峰禅师说：“你的袈裟角拖到地上了！”玄机回头看自己的袈裟，雪峰说：“好一个寸丝不挂！”

这是多么机敏的谈话，玄机尼师的寸丝不挂立即被雪峰禅师勘破。这个公案使我们知道从“清茶素帕”到“寸丝不挂”之间是多么遥远的路途。

另一个公案是唐朝大诗人白居易去参惟宽禅师。

白居易：“何以修心？”

惟宽："心本无损伤，云何要理？无认垢与净，切勿起念。"

白居易："垢即不可念，净无念可乎？"

惟宽："如人眼睛上一物不可住，金屑虽珍宝，在眼亦变为病。"

惟宽禅师的说法，使人们知道，纵是净的念头也像眼睛里的金屑，并不值得追求。那么，若能垢净不染，则欢乐自然也不可求了。

禅师不着于生命，乃至不着一切意念的垢净，并不表示清净的人必须逃避浊世人生。在《西厢记》里有两句话："你也掉下半天风韵，我也飘去万种思量。"是说，如果你不是那样美丽，我也不会如此思念你了。金圣叹看到这两句话就批道："昔时有人嗜蟹，有人劝他不可多食，他就发誓说：'希望来生我见不着蟹，也免得我吃蟹。'"这真是妙批。是希望从逃避外缘来免得爱恨的苦恼，但禅师不是这样的，他是从内心来根除染着，外缘上反而能不避，甚至可以无畏地承当了。也就是在繁花似锦之中，能向万里无寸草处行去！

宗宝禅师说得非常清楚透彻。"圣人所以同者心也，凡人所以异者情也。此心弥满清净，中不容他，遍界遍空，如十日并照。觌面堂堂，如临宝镜，眉目分明。虽则分明，而欲求其体质，了不可得。虽不可得，而大用现前，折、旋、俯、仰、见、闻、觉、知——天真无暂时休废。直下证入，名为得道。得时不是圣，未知得时不是凡。只凡人当面错过，内见有心，外见有境，昼夜纷纭，随情造业，诘本穹源，实无根蒂。若是达心高士，一把金刚王宝剑，逢着便与截断，却不是遏捺念虑屏除声色。一切时中，凡一切事，都不妨他，只是事来时不惑、事去时不留。”

真到寸丝不挂的禅者，他不是逃避世界的，也不是遏止捺住念头或挂虑，当然更不是屏除一切声色，他只是——天真地面对世界，而能“事来时不惑，事去时不留”。

这是多么广大、高远的境界！

我们凡夫几乎是做不到——天真、不惑不留的却不是不能转化忧欢的人生历练。我听过这样的故事：一位女歌手在演唱会中场休息的时候，知道了母亲过世的消息，她擦干眼泪继续上台做完未完的表演，唱了许多欢乐之歌，用悲伤的泪水带给更多人欢笑。

在这个世界上，还有更多的演员与歌手，他们必须在心情欢愉时唱忧伤之歌，演悲剧的戏；或者在饱受惨痛折磨时，还必须唱欢乐的歌，演喜剧的戏。而不管他们演的是喜是悲，都是为了化解观众生命的苦恼，使忧愁的人得到清洗，使欢喜的人更感觉幸福。文学家、音乐家、艺术家等心灵工作者，无不是这样子的。

实际人生也差不多是这样子。微笑的人可能是在掩盖心中的伤痛，哀愁者也可能隐藏或忽略了自己的幸福，而更多的时候，是忧与伤的泪水同时流下。

不管是快乐或痛苦，人生的历程有许多没有选择余地的经验，这是有情者最大的困局。我们也许做不到禅师那样明净如空，但我们可以转换另一种表现，试图去跨越困局，使我们能茶青水清，并用来献给与我们一样有情的凡人，以自己无比的悲痛来疗治洗涤别人生命的伤口。困局经常是这样转化，心灵往往是这样逐渐清明的。

因此，让我们幸福的时候，唱欢乐之歌吧！

让我们忧伤的时候，更大声地唱欢乐之歌吧！

忧欢虽是有情必然的一种联结，但忧欢也只是生命偶然的一场派对！

绝望中还向前跑

在美国南方，有一个黑人小女孩，她出生在非常贫穷的家庭，有十二个兄弟姐妹，父亲早就去世了，由母亲独自抚养这十二个小孩。

更不幸的是，这个小女孩得了严重的小儿麻痹症，只能由兄弟姐妹轮流背着，背累了，就把她放在手推车上推来推去。

这样的小孩子，几乎是没有任何希望的，她唯一的希望是“能走路，能和兄弟姐妹们一起跑、做游戏”。

但是，她连站都站不起来，而且，连上医院的钱都没有。

有一天，小女孩的妈妈听说所在城里有医生来义诊，妈妈就开了一部破旧的面包车，载着小女孩，开了三天三夜，一路上都是碎石和尘土。

好不容易到了城里，找到医生，妈妈问：“您能治好我的女儿吗？”

医生答应为小女孩想想办法，他说：“我们可以用木杖给她做支撑。”

妈妈说：“谢谢您，但我的女儿不需要支架，您能治好她，让她自己走路吗？她太渴望走路了。”

医生说：“恐怕不行，她的症状太严重了，肌肉也萎缩了，她永远也不可能走路。”

小女孩的妈妈很失望，小女孩更失望。但她们拒绝这种宣判，医生的话激起了她们的决心。

回到家，妈妈听从邻居的建议，每天给她泡药浴，给她按摩、复健，并且每天祷告。

半年后，医生又要到城里义诊，妈妈再度载着小女孩开了三天三夜的车去找医生。妈妈说：“我每天帮她复健，她已经有起色了，肌肉也强多了，请你再帮她检查。”

医生感到不悦，但基于同情，这位善心的医生再次为女孩检查了一次，然后表情严肃地对妈妈说：“夫人，我已经告诉过你，她永远也不可能再好了。如果你不再做梦，会对你有帮助的。”

医生的话差点就打倒了母亲和小女孩，但她们尚不死心，她们真是完全不可理喻地“只想站起来，向前走”，于是继续泡澡、复健、按摩、每天祷告。

几年后，小女孩站起来走路。不久，她还学会了跑步。

她跑着跑着，就跑赢了她的兄弟姐妹。

她跑着跑着，就跑到世界上没有一个女人能追得上她。

她在 1960 年的奥运会赢得了四枚田径金牌。

她的名字叫威尔玛·鲁道夫。

威尔玛·鲁道夫的妈妈那样把一个看不到希望的孩子，抱着最单纯的坚持，走到了无人超越的地方。

我很喜欢威尔玛·鲁道夫的故事，她的故事早已成为一个传奇。在美国常被社工人员拿来帮助贫民区的黑人青少年——如果威尔玛·鲁道夫都可以从不能站立，到最后拿下奥运金牌，我们还有什么可以拿来作为不向前的借口？

每次，当我们决定退回一个不超越自我的界线，我们就会有许多的借口，借口则正好是梦想和希望的毒药。

我想到历史上两位最伟大的旅行家：一位是玄奘，一位是哥伦布。

玄奘在长安的时候，就是很有才华的法师。他可以住在庄严的佛寺里，讲经说法，接受信徒的供养，以他的才情，或也可以留名青史；但是他选择横越沙漠，把自己的生死放在一边，到印度去取经，完成了一个空前的壮举。

哥伦布也是一样。如果他有平凡的理智，理智会告诉他，冬天坐在火炉边烤火，夏天在树林中散步，是多么舒适的事！但他不愿有借口，热情超越了理智的界线，冒险出海，才发现在海洋另一边的新大陆。

他们不只完成了旅程，也完成了他们的人生；他们的伟大不只在事功，也在他们的追寻。

人生确实是一次旅行，玄奘与哥伦布都是把自己抛到绝境的人，威尔玛·鲁道夫则是天生处在绝境的人；不论是自愿的，或是被动的绝境，只要信念坚定、勇敢向前，就会有机会走出生命长长的黑暗隧道，也有机会看到隧道尽头的阳光。

我们会遭遇失败，正如我们也有机会成功；我们会步下舞台，正如我们也有上台的机会。

成败与境遇都并不是真正的我，都只是我们身上穿的戏服。如果想要脱去衣衫褴褛的戏服，就要好好地锻炼演技，很快便能换一套光鲜的戏服。

对一个真正的好演员，他什么戏服都可以穿！九优十丐不以为贱，将相王侯不以为贵，因为一切是浮云一般，再璀璨的云也可能飘走，而有出岫的时刻！

不怕人生的转弯

有一次我到成都去演讲，要上台的时候，遇到一个女生，长得很漂亮，跑过来拉我的袖子，塞给我一封粉红色的信，我的心怦怦直跳，想这应该是一封情书吧。回到饭店一看，她说："我从小读你的文章，非常敬仰你，没想到今天看到你，很像周星驰电影里的'火云邪神'，真是相见不如怀念啊。"我在饭店里给她回了一封信，我说相见也美，怀念也美，你长什么样子一点都不重要，重要的是你的头皮里面的东西，如果你有东西，你就可以活得很开心，你就可以活得很自在、活得很有智慧。

我们家有十八个兄弟姐妹，大家都觉得不可思议，怎么我爸爸妈妈那么会生。不是我爸爸妈妈那么会生，是我的父亲有两个哥哥，在日据时代，同时被调去作战，他们那时候已经生了十三个小孩。去作战以后，三个兄弟只有我父亲回来。后来他又生了五个小孩，所以变成十八个小孩。

我小的时候，印象最深刻的事情是，从来没有一天吃饱过，每次要吃饭的时候，我父亲就会拿出十八个碗，形状都不一样，因为乡下人没有整套的碗，每一个碗里面添了一点点食物，添完了以后，他就会用很庄严的声音说："来，大家来吃饭。"端起饭来吃，那种心情都觉得很庄严。但是我们端起饭来不会马上吃，而是吐一口痰进去拌一拌，这样才可以安心吃，不然你头一转回来饭就少一口了，因为哥哥姐姐他们也从来都吃不饱，都是盯着别人的饭碗在看，我是生长在这样的环境。

我有三个小孩，他们看到蟑螂都会同时跳起来逃走，我就会跟他们讲，我们小时候抓到蟑螂，穿成一串，烤一烤，就吃下去，因为没有蛋白质，只好吃蟑螂。但是现在各位不要学，现在的蟑螂很脏，都是爬垃圾桶，你要知道乡下很穷的人，没有垃圾桶，所有的垃圾都用到化掉为止，所以蟑螂都是吃地瓜、甘蔗、芋头、玉米这些很好的东西长大的，烤一烤，剥开来闻一闻，还有牛奶的味道。

你的环境并不能决定你的未来，你的过程也不能决定你的未来，而是你的心的向往决定了你的未来。我小时候那么穷，可是我八岁的时候就立志将来要当一个成功的、杰出的、伟大的作家。自己每天鼓舞自己。有一天我的父亲说：“十二啊，你长大以后要干什么？”我说我长大以后要当作家，写文章给人家看。他说：“作家是干什么的？”我说作家就是坐下来，写一些字寄出去，人家就会寄钱来。我爸爸很生气，当场给我一巴掌，“傻孩子，这个世界上哪有那么好的事情，如果有那么好的事情，我自己就先去干了，不会轮到你！”

在我居住的地方，三百年来没有出现过一个作家，一个小孩子突然想要当作家，这是很奇特的事情，没有人相信，也没有人认为可以成功。唯一了解我的就是我的母亲。我的母亲一直相信我长大会变成一个作家，所以她很关心我的写作事业，我在小的时候，经常蹲在我们拜祖先的桌子前面写作，因为我们家只有一张桌子，我的妈妈不时会进来倒水给我，然后问我，“我看你整天都在写，你是在写辛酸的故事，还是在写有趣味的故事？”我说辛酸的写一点，有趣味的也写一点。我的妈妈就说：“辛酸的少写一点，有趣味的多写一点，人家要来读你的文章，是希望在你的文章里面得到启发、得到安慰、得到智慧，而不是读了你的文章以后立刻跑到窗口跳下去，那这个文章就没有意义。”我就问她那如果碰到辛酸的事情怎么办，我妈妈说：“碰到辛酸的事情，棉被盖起来哭一哭就好了。”这个影响了我后来的写作，我写的都是非常优美的文章，所以读我的文章没有负担，而且不会让你变坏。

另外一个梦想，就是希望长大以后去环游世界，大人也觉得不可能，因为连到隔壁村庄的车票钱都没有。有一天我考试得了第一名，老师送给我一本世界地图，那一天很不幸的是冬天，轮到我给家里的人烧热水洗澡，我们家是用很大的锅炉烧热水洗澡，我就蹲在那锅炉前面，一边烧水一边看世界地图。一打开，是埃及的地图，长大以后一定要去埃及，埃及有尼罗河、有亚斯文水坝、有金字塔、有人面狮身，多么浪漫的地方，最重要的是还有美丽的埃及艳后，长大以后一定要去埃及。正在沉醉的时候，突然听到一个人打开浴室的门冲了出来，是我的爸爸，他身上只披了一条毛巾，“你在干什么？”我说我在看地图。“看什么地图？”我说看埃及的地图，他就走过来给我一巴掌，“火都熄了看什么地图！”还踢我一脚，把我踢到火炉旁边，说：“继续生火。”然后就转头走回浴室，走到浴室的时候还转过身来，跟我说：“我用我的生命向你保证，你这辈子绝对不可能去到那么远的地方。”我一边烧火一边流眼泪，我的生命不要被保证，我对自己说，我的生命不可以被保证，即使是我的父亲也不行，我长大以后一定要去埃及。

各位猜猜看，我在二十几岁的时候离开台湾，第一个去的地方是哪里？埃及。当我要去埃及的时候，我的朋友都问我："你干吗去埃及啊？"我说因为我的生命不要被保证，所以我要去埃及。我就自己跑到埃及去旅行了三个月，有一天跑到金字塔前面，写明信片给我的爸爸："亲爱的爸爸，记得小时候，你打我一巴掌、踢我一脚，保证我这辈子绝对不可能来到这么远的地方，现在我就坐在埃及的金字塔下面给你写明信片。"我看着夕阳，看着夕阳前面的骆驼，眼泪就啪嗒啪嗒地掉下来。写了这个明信片寄回台湾，听我妈妈的转述，爸爸一边看明信片一边说："这是哪一巴掌打的？打到埃及去了。"

第三个愿望，我希望找到一个身心都相契的伴侣，来做自己的妻子。为什么会有这样的想法？因为我在初中一年级的时候，有一天跟着七个同学一起跑到戏院去，看一部叫作《罗马假日》的电影，演女主角的演员叫奥黛丽·赫本，长得真美，又优雅、又有气质、又脱俗。我们看完电影以后，八个人站在戏院前面，手牵手发誓，将来一定要娶一个"奥黛丽·赫本"做妻子，如果娶不到"奥黛丽·赫本"，就誓不为人。几十年以后，我们在乡下举办一个同学会，大家都带自己的太太来参加，饭吃到一半，我站起来，放眼望去，只有一个人的太太长得像奥黛丽·赫本，那就是我太太。所以在人生最早萌芽的时候，你的坚持是非常重要的，这种坚持可以决定你的方向，决定你要往什么地方走。

你很贫穷，没关系，穷人有很多宝藏是有钱人没有的。第一个穷人的宝藏：每一天都睡得着。这个世界上很多的有钱人，晚上要吃安眠药才睡得着，可是我们家里以前实在太穷了，连在泥土地上、木板上都睡得着，现在有床睡，当然躺下去就睡着了。第二个：每一餐饭都吃得下，小时候什么都吃，连蟑螂都吃，现在还有什么可挑剔的？什么都吃得下。第三个是不怕人生的转弯，你从那个非常穷的环境出来，像我现在，做一个人生的选择的时候，我都会想，大不了我就回到十四岁那年，背着一个布袋，里面放着一个玻璃瓶，离开家乡。第四个非常重要的穷人的宝藏，就是处处无家处处家，你看起来好像没有地方可以住，其实到处都是你的家。有时候我喜欢爬山，爬到山顶从山上看下来，看到台北最繁华的地方，屹立的大楼，很多百货公司，我就很感慨：有钱人的家乡在哪里？有钱人的家乡在百货公司、在超级豪宅、在大楼里面；穷人的家乡在哪里？穷人的家乡在天空、在远方、在森林、在河海交界的地方。你没有什么可畏惧的。

自从我立志要当作家，我就每天在街上乱走，看看有什么好的东西、好的题材可以写。有一天我走到一个村庄，看到一个小孩子蹲在围墙旁边，脸上露出非常幸福而神秘的微笑。我跑去看看，结果发现，他旁边摆了一个汽水的空罐子，他坐在那里打嗝，一边打一边微笑，打嗝竟然是这么幸福的事情，我从小都没有喝汽水喝到打嗝的经验。我就站在那个小孩子的前面，发誓这辈子一定要喝汽水喝到打嗝，如果没有喝汽水喝到打嗝就誓不为人。过了一年，有机会了，因为我一个远房的亲戚要结婚，借我们家的晒谷场宴客，果然送来了一卡车的汽水。我蹑手蹑脚地跑到那个堆汽水的地方，提了两瓶大瓶的汽水跑到家里的茅房躲起来，把门拴住，用牙齿把汽水的盖子咬开，一口气灌完七百五十毫升的汽水，坐在那里准备打嗝。严重的事情发生了，我不但没有打嗝，还放了三个屁。到底要喝多少才会打嗝？不知道。第二瓶再拿起来，喝完了，肚子胀得很大，好像怀孕九个月一样，等了半天有消息了，肚子咕噜咕噜响，突然一口气从肚子里面升上来，打了一个嗝，原来打嗝的滋味是这么美好。接下来我打了很多嗝，每深呼吸一次就打一个嗝，这时候我才发现茅房的味道挺不错的。打开门发现阳光普照，人生多么美好。

后来我写的这篇文章叫作《幸福的开关》，幸福的开关并不是你拥有很多的财宝，幸福的开关是你要打开心里那个通往幸福的状态。你一打开，即使非常微小的事情，你都可以感到幸福；你一打开，即使人生遭遇了非常大的挫败，你也可以感觉到幸福。

心里的宝玉

一位想要学习玉石鉴定的青年，不远千里去找一个老玉石家学习玉的鉴定。

他见到老师傅，说明了自己学玉的志向，希望有一天能像老师傅一样，成为玉石的专家。

老师傅随手拿一块玉给他，叫他捏紧，然后开始给他讲中国历史，从三皇五帝夏商周开始讲，却一句也没有提到玉。

第二天他去上课，老师傅仍然随手交给他一块玉，叫他捏紧，又继续讲中国历史，一句也不提玉的事。

就这样，每天老师都叫他捏紧一块玉，光是中国历史就讲了几个星期。

接着，老师向年轻人讲风土人情、哲学思想，甚至生命情操。

老师几乎什么都讲授了，关于玉的知识却一句也不提。

而且，每天都叫那个青年捏一块玉听课。经过了几个月，青年开始着急了，因为他想学的是玉，却学了一大堆无用的东西。

有一天，他终于鼓起勇气，想向老师表明，请老师开始讲玉的学问，不要再教那些没有用的东西。

他走进老师的房间，老师仍然像往常一样，交给他一块玉，叫他捏紧，正要开始谈天的时候，青年大叫起来，“老师，你给我的这一块，不是玉！”

老师开心地笑起来，“你现在可以开始学玉了。”

这是一个收藏玉的朋友讲给我听的故事，我很喜欢。一个人不可能什么东西都不懂，而独独懂玉的，因为玉的学问与历史、文化、美学、思想、人格都有深刻的关系。而这个世界的学问也不是有用、无用分得那么明白的。

其实体味人生不也像学着去懂一块玉吗？一个对人生没有深层体验的人，是无法获得人生的真谛的。

没有深陷于生命的痛苦的人，无法了解解脱的重要。

没有深陷于欲望的捆绑的人，不能体会自在的可贵。

没有体会过悲哀的困局的人，不会知道慈悲的必要。

没有在长夜漫漫中啼哭过的人，也难以在黎明有最灿然的微笑。

人生就好像手中的一块玉，如果没有握过许多泛泛的石头，就不能了解手中的玉是多么珍贵了。

所以，要学玉的人，应该先认识人生。

不南飞的大雁

在加拿大温哥华，朋友带我到海边的公园看大雁。

大雁的身躯巨大出乎我的意料，大约有白鹅的四倍。那么多身体庞大的雁聚在一起，场面令我十分震慑。

朋友买了一些饼干、薯片、杂食，准备在草地上喂食大雁，大雁立刻站起来，围绕在我们身边。那些大雁似有灵性，呀呀叫着向我们乞食。

朋友一面把饼干丢到空中，一面说：“从前到夏天快结束时，大雁就准备南飞了，它们会在南方避寒，一直到隔年的春天才飞回来，不过，这里的大雁早就不南飞了。”

为什么大雁不再南飞呢？

朋友告诉我说，不知道从什么时候开始，人们在这海边喂食大雁，起先，只有两三只大雁，到现在有数百只大雁了，并且数目还在增加中。冬天的时候，它们躲在建筑物里避寒，有人喂食，就飞出来吃，冬天也就那样过了。

朋友感叹地说：“总有一天，全温哥华的大雁都不会再南飞了，候鸟变成留鸟；再过几代，大雁的子孙会失去长途飞翔的能力；然后再过几代，子孙们甚至完全不知道有南飞这一回事了。”

我抓了一把薯片丢到空中，大雁咻咻地过来抢食。我心里百感交集，我们这样喂食大雁，到底是对的，还是错的？如果为了一时的娱乐，而使雁无法飞行、不再南飞，实在是令人不安的。

已经移民到加拿大十七年的朋友说，自己的处境与大雁很相像，真怕子孙完全不知道有南飞这一回事，因此常常带孩子来喂大雁，让他们了解，温哥华虽好，终非我们的故乡。

“你的孩子呢？”

“现在都在高雄的佛光山参加夏令营呢！”朋友开怀地笑着。

我们把东西喂完了，往回走的时候，大雁还一路紧紧跟随，一直走到汽车旁边，大雁才依依不舍地离去。

不南飞的大雁，除了体积巨大，与广场上的鸽子又有什么不同呢？一路上我都在想着。

与太阳赛跑

我读小学三年级的时候，有一天放学回家，看到天边的夕阳正要沉落，晚霞一道一道从山谷升起。

“我要和太阳赛跑，要在太阳没有下山以前跑回家。”我心里有一个声音说。

然后，我拔足狂奔，一刻也不停歇地跑回老家的三合院。我站在大厅的红门外时，夕阳还露出最后的一角，迷离的光影映着红门上的狮头钢扣。

我安静地站在厅前，看夕阳一分一分地沉到山的背面，心里涨满了感动，跑进厨房对正在生火炊饭的母亲说：“我跑赢太阳了，我跑赢太阳了。”

接下来，我的小学时代几乎都是在与太阳赛跑，在夕阳未落前返家，欣赏着蕉园上那绝美的落日。我对生命的美感就是从那时有的，我觉得如果不比时间跑快一步，就没有空间，也没有心情享受落日的美景了。

只是，生命的悲情是，我们自以为比时间快一步，但岁月也很快地被时光掩埋。

对人生高远的目标，虽然我们也曾像与太阳赛跑时一样奔赴前程，有时站在红门前微笑，以为赢过了什么，但夕阳总是在我们微笑时，依然沉落。

当然，如果我们悲哭，它还是要沉落的。

因此，任何的奔赴与企求都带着一些虚妄的本质吧！还不如回到这当前的一刻，以全身心投注于每一个变化之中，在因缘的变化中顺应、无憾、欢喜。

到了四十岁，可能说不出“我跑赢太阳了”这样有豪情的话。

但是，每天我起床的时候，对着镜子的第一件事就是对自己的影像说：“晦！让我们今天来为生命创造一点什么吧！”

每天，都含着笑意，来与宇宙时空的无情、与岁月生命的多变，共同运转，那么在大化中，也会有江上明月、山间清风、岸边垂柳那样的美景，不断地映现。

我，宁与微笑的自己做拍档，也不要与烦恼的自己同住。

我，要不断地与太阳赛跑！不断穿过泥泞的田路，看着远处的光明。

心里的天鹅

与孩子读童话故事《丑小鸭》，才知道天鹅是会飞的，而且是候鸟，可以飞越半个地球。

“那，现在的天鹅怎么不会飞呢？”孩子问我。

我跑到图书馆借了一本书《饲养天鹅的方法》，才知道事实的真相。

欧洲中古世纪的贵族，因为喜欢天鹅的姿态，认为天鹅是鸟类中的贵族，于是就想把天鹅养在自己的庄园，以炫耀自己的财富和品位。

于是，他们捉到天鹅以后，用三个方法来使天鹅不能飞翔。

一是把天鹅双翼的羽毛剪掉一边，使天鹅失去平衡，不能飞翔。

二是绑住天鹅的翅膀，使它无法张开翅膀而不能起飞。

三是由于天鹅起飞需要很大的湖泊起跑，如果缩短池塘的距离，天鹅失去起跑线，就飞不起来了。

前面的两种方法过于残忍，又会伤害天鹅优美的姿态，所以就普遍地使用第三种方法，久而久之，天鹅就失去起飞的能力，甚至忘记自己也会飞翔了。那些能飞越大山大海的天鹅就成为贵族的宠物了。

有一次，我到瑞士旅行，在卢桑的湖里，看到一大群的天鹅，游到木桥边向游客乞讨食物，使我的心中充满感慨，这些在湖边乞食的天鹅，可知道自己的祖先曾经能自由地飞翔吗？

古书里说："燕雀安知鸿鹄之志？"意思是说："像燕子麻雀这种小鸟，怎么能了解天鹅飞行的壮志呢？"这句话成为一种讽刺，因为燕子和麻雀依然在天空飞翔，天鹅却由于人类的私心，变成不能飞翔的鸟了。

我一直深信人的心里也有一只天鹅，可以任思想和创造力无边地飞翔，而许多人受到欲望的捆绑，或在生活中被剪去飞行的壮志，或由于起飞的湖泊太小，久而久之，失去思想和创造的能力，也就失去自由和天空的心了。

自由地飞翔于天空，乃是一只鸟的天赋，不管是天鹅、孔雀或燕子、麻雀。

拥有思想的自由和无边的创造力，乃是一个人灵性的天赋，不管是圣人或者凡夫俗子，可惜许多人被情欲所催迫，失去了灵台的清明了。

我想到日本的禅宗之祖道元禅师曾写过一首悟道诗：

空阔透天，
鸟飞如鸟。
水清澈地，
鱼行似鱼。

天空多么开阔透明呀！鸟飞得像鸟一样。水是多么清澈见底呀！鱼游得像鱼一样。这看来简单的世界，其实隐藏着多么幸福的禅心呀！

鸟飞得像鸟，有鸟的尊严；鱼游得像鱼，有鱼的尊严；人活得像人，有人的尊严。这是文明世界最基本的格局了。

我喜欢天鹅那优美的线条和仪态，但我不希望天鹅是被养在池塘，我希望天鹅能张开翅膀，从我们的头上飞过，使我们可以望向广大的天空。

古代的中国人认为看到天鹅从远方飞来（有鸿鹄飞至），生命里必然有好事发生，可现代的人已经没有这种好事了！

一千支银针

一位乡下的小朋友告诉我一个有趣的童话故事，是我从未听说过的，小朋友也不知道出处，我现在把它记录下来：

从前有个国王，他有七个女儿，七位公主各有一千支用来整理她们头发的扣针，每一支都是镶有钻石且非常纤细的银针，扣在梳好的头发上就好像闪亮的银河上缀满了星星。

有一天早晨，大公主梳头的时候，发现银针只有九百九十九支，有一支不见了，她困惑烦恼不已，但她自私地打开二公主的针箱，悄悄地取出一支针。二公主也因为少了一支银针而从三公主那里偷了一支，三公主也很为难地偷了四公主的针，四公主偷了五公主的，五公主偷了六公主的，六公主也偷了七公主的，最后被连累的是七公主。

正好第二天国王有贵宾要从远方来，七公主因为少了一支银针，剩下一把长发无法扣住，她一整天都焦急地跟侍女在找银针，甚至说："假如有人找到我的银针，我就嫁给他。"

窗外的小树枝听见了，伸进来说："用我的树枝做你的银针吧？"但是树枝过硬，头发会竖起来。

山中的泉水听见了，用它冻结的冰块说："用这冰做银针吧！"但是冷冷的冰一插进头发里就马上溶为水滴了。

天上的月亮听见了，说："用我银色的光线做你的银针吧！"但是月光的银线太柔软了，扣不起头发。

七公主无可奈何地叹息说："啊！明天有贵宾要来哩！"

第二天，从远方来的贵宾原来是一位王子，王子手里拿着一支银针，他说："淘气的小鸟在我狩猎的帽子里筑了巢，我发现里面有一支雕有贵城花纹的发针，是不是其中一位公主的？"

六位公主都吵闹及焦急起来，知道那一支银针是自己失落的，可是她们的头发都用一千支银针梳得像银河一样美丽。

"啊！那是我掉的银针！"躲在屋里的七公主急忙跑出来说。

可是王子非但没有还七公主银针，还出神地吻了她，七公主未梳理的长发滴溜溜地垂到脚跟而发亮着……

这个故事的结局就像所有美丽的童话一样，“王子和公主从此过着幸福快乐的生活。”

听这个故事是在乡下的庭前，出自一位小学女生的口中。她说完故事，抬头望着远山外闪烁晶明的星星，幻想着自己正是那一个失落一支银针的七公主，她全然不知道：“失落”也有悲哀的时候，最后她嘴角带着微笑，在星光下睡着了。

但是听完故事的我，到半夜还不能入眠，这是一个多么简单的童话呀！竟使我的思绪飘到了天的远方，《一千支银针》对我来说有一种鲜明的象征意义，它象征着命运繁复的节点，每个人在生命的推展过程中，有着许许多多像银针一样能改变命运的因素，它有时是那样细小，连窗外的树、山中的泉、天上的月亮都帮不上忙，但是却改变了一个人的一生。

原来，拥有一千支银针的公主，并不能保证比失落了银针的公主拥有更好的命运。银针的失落与命运的错失本来是具有悲剧感的，但是因为命运小鸟的穿梭，悲剧便成了喜剧，我相信每个人都有过类似的经验。

再想到生命的失落，当然万劫不复的大失落在人间不是没有，然而像银针那么微小的失落，从大的观点来看总是有补偿的。我一直不肯相信生命中有永远的失落，永远的失落只有在自暴自弃的人身上才能找到，我很喜欢培根说的：“人们没有哭，便不会有笑：小孩一生下来，便有哭的本领，后来才学会笑；一个人不先了解悲哀，便不会了解快乐。”失落也是如此，人没有失落，就不能体会获得的真切的快乐，尼采所言“快乐之泉喷得太满，常常冲倒想盛满的白杯子”，也是这个道理。

这样想时，对生命的事，对情爱的观点，也就能云淡风轻处之泰然了。每个人设若都有一千支银针，不巧失落了一支，不必伤悲，因为我们还有九百九十九支银针，它们仍然能散放光芒，正如天上繁星万盏，有时雨天少了一颗，其他的还是会为我们放光。

两头鸟

从前在雪山下，有一只两头鸟，为了安全起见，它们轮流睡觉，一头如果睡着，一头便醒着。

这只两头鸟虽共用一个身体，却有完全不同的思想。一头叫迦喽嗏，常作好想；一头叫优波喽嗏，常作恶想。

有一天，在树林里，轮到优波喽嗏睡觉，忽然从树上飘来一朵香花。醒着的迦喽嗏就想："看它睡得那么熟，还是不要叫醒它，反正我虽然独自吃了，我们一样都可以除掉饥渴，得到这朵香花的好处。"于是，就默默地把那朵香花吃了。

过一下子，优波醒来了，觉得腹中饱满，吐出的气充满香味，就问迦喽嗏说："我在睡觉时，你是不是吃了什么香美微妙的食物？我怎么觉得身体安稳饱满，声音美妙，感觉这么舒服？”

“你睡觉的时候，有一朵摩头迦华落在我的头旁边，我看你睡得很熟，又想我吃和你吃并没有分别，就独自把它吃了。”

优波听了，心里很不高兴，从内心深处生起瞋恚嫌恨的心，心想：你有好东西吃，也不叫我，你等着瞧吧！下次我吃些坏东西害死你！

过了不久，两头鸟经过一个树林，优波看到林间有一朵毒花，起了一个心念：“好，害死你的机会来了。”就对迦喽嗏说：“你现在可以睡觉，我醒着，帮你看守。”

等迦喽嗏睡着以后，优波就一口把毒花吃下去。由于优波的恨意，两头鸟就一起毒死了。

这是记载在《佛本行集经》的故事，释迦牟尼佛说这个故事来告诫弟子，瞋恚是多么可怕的愚行，一个人（乃至一只鸟）在怀着恨意时，往往会忘记对自己的伤害，更甚的是以自己的生死来逞一时的仇快，走入了一个无可挽回的境地。

两头鸟的故事还有更深刻的象征。生活在这个世界上，人人都是两头鸟，有着善恶的抗争、梦与醒的矛盾、觉与迷的循环。当一个人在善意、觉性抬头的时候，就可以使恶念、痴迷隐藏；可是当一个人恶意的瞋恨愚痴升起时，就立即杀死了自己好不容易培养起来的善念了。

另外，对一个修行者，他处在众生中就犹如两头鸟，大家都是共用一个身体，使任何一个众生受到伤害，立即就伤害了自己的慧命，因此要保持着纯明的善念，才不至于损人损己。

两头鸟的故事里，迦喽嗏在临死前说了一首偈：

汝于昔日睡眠时，我食妙华甘美味。
其华风吹在我边，汝反生此大瞋恚。
凡是痴人愿莫见，亦愿莫闻痴共居。
与痴共居无利益，自损及以损他身。

正是劝人不要与愚痴妥协，含着贪意、瞋恨、愚痴的人在还没有伤害别人之前，自己必然先受伤。

在《杂譬喻经》里还有一个类似的头尾争大的故事：

从前有一条蛇，头和尾经常自相争吵。头对尾说：“我应该比你大。”尾对头说：“应该是我大。”

头说：“我有耳朵能听，有眼睛能看，有口能吃，走时在你前面，因此应该我为大。”

尾说：“是我让你走，你才能走；如果我不让你走，你就完蛋了。”

于是，蛇尾就绕树木三圈，三天都不肯放开，蛇头无法去找食物，饥饿垂死，只好对尾说："请你放开吧！让你做大就是了。"尾听了非常高兴，立刻放开树木。头就对尾说："你既然比我大，就让你在前走吧！"

尾兴奋向前走，才走不到几步，就掉落到火坑去了。

佛陀说这个故事是在告诫弟子，在僧团里应该听从有智慧的大德上座，不可任性为之，而上座也不应该让座下的人率尔随意，这样不但道业不成，而且还会一起堕入非法的火坑。

头尾争大的故事用在现代，让我们知道自然的秩序是非常重要的。在一个有机的社会中，头与尾都是同样重要，做头的人应把头做好，而做尾的人也应尽力把尾做好，人尽其才，才是社会之福。如果人人想争大，不但容易心生愤懑，甚至大家相携堕入火坑。人不怕地位卑微，怕的是在心灵中没有奉献的火光，在人格中没有自尊的色彩。反过来说，做头的人如果不善用眼睛、耳朵、嘴巴、双足来创造人群的幸福，就令人遗憾了。

佛陀在经典中说的故事都简短精彩，又充满了无限的象征意义。他说这些故事是在倡导一个人如何使自己的人格高尚，并通向明净纯粹的世界，他用充满人情味的语言告诉我们和平、牺牲、慈爱、智慧、诚信、平等、无私、克制欲望是多么重要。

只有人格不断趋向高尚，不怀怨恨地生活，不论处在任何境况中都有自尊的人，才能在生命中找到真实的悦乐之泉源。

知　了

山上有一种蝉，叫声特别奇异，总是吱的一声向上拔高，沿着树木、云朵，拉高到难以形容的地步。然后，在长音的最后一节突然以低音“了”作结，戛然而止。倾听起来，活脱脱就是：

知——了！

知——了！

这是我第一次听到蝉如此清楚地叫着“知了”，终于让我知道“知了”这个词的形声与会意。从前，我一直以为蝉的幼虫名叫“蜘蟟”，长大蝉蜕之后就叫作“知了”了。

蝉，是这世间多么奇特的动物，它们的幼虫长住地下达一两年的时间，经过如此漫长的黑暗飞上枝头，却只有短短一两星期的生命。所以庄子在《逍遥游》里才会感慨："惠蛄不知春秋！"

蝉的叫声严格说起来，声量应该属噪音一类，因为声音既大又尖，有时可以越过山谷，说它优美也不优美，只有单节没有变化的长音。

但是，我们总喜欢听蝉，因为蝉声里充满了生命力、充满了飞上枝头之后对这个世界的咏叹。如果在夏日正盛，林中听万蝉齐鸣，会使我们心中荡漾，想要学蝉一样，站在山巅长啸。

蝉的一生与我们不是非常接近吗？我们大部分人把半生的光阴用在学习，渴望利用这种学习来获得成功，那种漫长匐匍的追求正如知了一样；一旦我们被世人看为成功，自足地在枝头欢唱，则秋天已经来了。

孟浩然有一首写蝉的诗，中间有这样几句：

黄金然桂尽，
壮志逐年衰。
日夕凉风至，
闻蝉但益悲。

听蝉声鸣叫时，想起这首诗，就觉得“知了”两字中有更深的含义。

什么时候，我们才能一边在树上高歌，一边心里坦然明了，对自己说：“知了，关于生命的实相，我明白了。”

苦瓜变甜

我很喜欢一则关于苦瓜的故事：

有一群弟子要出去朝圣。

师父拿出一个苦瓜，对弟子们说：“随身带着这个苦瓜，记得把它浸泡在每一条你们经过的圣河，并且把它带进你们所朝拜的圣殿，放在圣桌上供养，并朝拜它。”

弟子朝圣走过许多圣河圣殿，并依照师父的教言去做。

回来以后，他们把苦瓜交给师父，师父叫他们把苦瓜煮熟，当作晚餐。

晚餐的时候，师父吃了一口，然后语重心长地说：“奇怪呀！泡过这么多圣水，进过这么多圣殿，这苦瓜竟然没有变甜。”

弟子听了，好几位立刻开悟了。

这真是一个动人的教化。苦瓜的本质是苦的，不会因圣水圣殿而改变；情爱是苦的，由情爱产生的生命本质也是苦的，这一点即使是修行者也不可能改变，何况是凡夫俗子！我们尝过情感与生命的大苦的人，并不能告诉别人失恋是该欢喜的事，因为它就是那么苦，这一个层次是永不会变的。可是不吃苦瓜的人，永远不会知道苦瓜是苦的。一般人只要有苦的准备，煮熟了这苦瓜，吃它的时候第一口苦，第二三口就不会那么苦了！

对待我们的生命与情爱也是这样的，时时准备受苦，不是期待苦瓜变甜，而是真正认识那苦的滋味，才是有智慧的态度。

幸福终结者

从前看童话书，有许多是关于王子和公主的故事，这种故事都是千篇一律，是公主受到某种妖魔或巫婆的咒术所魅惑，变成植物、动物，或长睡，或禁制而失去了自由。王子、英俊、潇洒，骑着白马、手拿宝剑，经过重重磨难，终于把公主救了出来。故事的终结总是:“王子与公主从此过着幸福快乐的日子。”

虽然在小时候，我们就知道那个“从此”是不太可能的，但一读到“从此过着幸福快乐的日子”，心里就充满一种特殊的感动，深知那不一定是个结局，却一定是个期望。

为什么说“从此过着幸福快乐的日子”不是结局，却是期望呢？因为除了童话，我们也看许多卡通影片也是千篇一律的，一只弱小的动物或一个弱小的人，一开始总被强大的动物、人，或者压力，整得一塌糊涂，在故事的后半段，他们总是奋力一击，获得了最后的胜利，结局也可以说是“从此过着幸福快乐的日子”。

不幸的是，卡通影片与单产故事不同，它有续集，主角的幸福仿佛没有过多久，就要面临新的考验与压力，在挫败的角落中抗争，最后又得到一次幸福。然后，故事就周而复始地重复不已，卡通人物是不死的，所以他们的失败与压力不死，他们的幸福也总是在失落沉沦中重升。

不只童话或卡通是这样，在电视上演给大人看的警匪、侦探、情爱的单元剧，都是我们知道在人生里，借着外在世界的克服、奋斗，不一定能得到最后幸福的结局。因为只要这个世界不停止转动，人的挫折就不会终止，活在这世界一天，就不可能有“从此过着幸福快乐的日子”的一天。即使贵如王子与公主也不能逃出这个铁则，这是为什么我们读古代王室的历史，发现争端、纠缠、丑闻的时代总比太平的时代多得多的原因。

是的，我们骑白马拿宝剑去砍杀妖魔、破除巫术，并不能使我们进入平安的境地。

我对于王子与公主的故事于是有了新的体会。如果我们把除妖魔的行动当成是一种象征，象征了王子去砍除了心中的妖魔与纠葛，到达一个宽广、博大、慈悲、无所动摇的心境，那么他从此过着幸福快乐的日子并不是不可能。

不要说走在荆棘遍地、丑怪狰狞的地方了，就是走在地狱的炼火中，也能有清凉的甘露。佛教里有一尊地藏王菩萨，由于心地无限光明与无量慈悲，经常在地狱中救拔众生，当他走过地狱燃烧的烈火，每一朵火焰都化成一朵最美丽的红莲花，来承接他的双足。这是一则多么动人的启示呀！

我们对于最终的幸福，因而要有一个更新的体认，记不得是哪一个诗人说过："人们常为了追求幸福而倒在尘沙之中，而伊甸园就在左近。"莎士比亚也说过："快乐，不是一个地方，而是一个方向。"

幸福快乐不是一个结局，只是一个方向罢了。我们只能说一直在往那个方向走，而不能说是在朝那个结局前进。

只要我们去除心的葛藤，不断追求幸福的方向，就不只是让我们从黑暗之地走向光明，而是从光明走向另一个光明的起点。

是什么使我们从光明走向光明？说穿了也很简单，就是回到心的清净，回到一个更广大的包容罢了。

最清净广大的心胸世界，才是幸福的终结者。

第五辑　生命的酸甜苦辣

爱是最好的教育

铭记对孩子的“初心”

一位小学老师对我说起，他怎么使一班小学生被改造的秘诀。

他的学生在低年级的时候遇到一个非常严格的老师，给学生的作业很多，而给学生的评价却很低。

在这位老师的笔下，很少有学生可以得到甲，得到乙已经很不错，有许多学生拿到丙丁，使得学生的家长对自己的孩子都不谅解，学生对学习也逐渐失去信心了。

当这班学生升到他的班级的时候，他发现学生的学习情绪很低，每天的功课也只是勉强交差。更糟的是，学生都畏缩，一点也没有小学生那种天真的模样。

“我开始把作业的最低分数定为甲下，即使写得糟的学生都给甲下，当然好一点的就是甲了，再好一些的是甲上。写得很不错的，我给他甲上加一个苹果，真的很用心的，则给他甲上加两个苹果。”

老师所谓的“苹果”，只是一个刻成“苹果”的印章盖在甲上的旁边。

除此之外，每隔一段时间就发奖品，只要一个原来甲下的学生连得三个甲就给奖，依此类推。由于评分很宽，在每次发奖品的时候，几乎统统有奖，最小奖是一张贴纸，最大的奖是一个铅笔盒。

这种画饼充饥的甲上加上两个苹果，使原来拿丙丁的学生带回去的作业簿也有甲的佳绩，学生都变得欢天喜地，家长更是开心得不得了，非常善待那些原来被认为的“顽劣的子弟”。

从此，好像变魔术一样，学生又有了开朗的笑容、天真的气色，特别是每次颁奖的时候，教室就像节日盛会一样，所有的学生全部改头换面，成为充满自信、容光焕发的孩子。

他说：“不管是什么样的孩子，爱是最好的教育，而表达爱最好的方法是欢喜、奖励与赞赏。”

我听了老师的话，心里有很深的感触。

我们大多数的人，经历了人生的波澜后，往往会变成严苛、冷眼的人，在我们的内心形成许多的标准，并以这些标准来评价另一个人。

这些标准用来衡量身心成熟的大人，有时都感到难以负荷，何况是对一个稚嫩的孩子？

我们应该反过来想自己的一些初心。

记得我的孩子出生的时候，我紧张地在病房外面等待，那时不知道会生出一个什么样的孩子，于是，我双手合十向菩萨祈求：“只要给我一个身体健康的孩子就好了。”

好不容易等到护士从里面把孩子抱出来给我看，她先把正面给我看，说：“你看，眼睛、鼻子、嘴巴、耳朵、手脚都有了。”然后，她把孩子转过来给我看背面，说：“屁股、屁眼也都有，一切正常，母子平安。”

当时，我充满了感激的心，我们是多么幸运！生了一个四肢健全、身体健康的孩子。

大多数的父母都有过这样的经验，也就是我们对孩子的“初心”。可惜的是，等孩子长大了，万一功课不如人，我们就在心里对孩子生起嫌厌的心。

如果不幸的，孩子又进入“放牛班”，我们就感到无望，甚至舍弃了对孩子深刻的爱。

等到孩子几年考不上大学，游手好闲的时候，简直是到了深恶痛绝的地步，恨不得孩子在我们眼前消失。

到了这样的时候，我们就失去了孩子刚诞生时那种欢喜的“初心”了。

其实，我们可以把丁提升到甲下，多给孩子甲上加两个苹果，使孩子对人生充满欢喜与热望，只要一个小孩有善良的心，那么功课差一点、读了“放牛班”、考了三年大学又有什么要紧呢?

我们自己也并不是像想象中的那么杰出、那样有成就。

我们是孩子的镜子，孩子也是我们镜中的影像，双方是互为镜子、互为表里的。

我很喜欢《正法眼藏》中记载磐山禅师的故事。

磐山久修不悟，非常烦恼。有一天独自走过街头，看到一个人在肉摊前买猪肉，那人对肉摊老板说:“给我切一斤上好的肉。”

肉摊老板听了，两手交叉在胸前说:“请问，哪一块不是上好的肉呢？”

磐山禅师听了，当场大悟。

我们的孩子，哪一个不是上好的孩子呢?

真正从孩子身上看见生命的至真至美的人会发现，孩子不只配得上甲上加两个苹果，每一个孩子都是甲上加十个苹果的！

曾经有一位家长满脸愁容地来找我，因为他的孩子考试总是全班最后一名。

我说：“每一个学校的每一班，都有最后一名，如果不是我们的孩子，就是别人的孩子。”

“但是，这孩子怎么办呢？”

“其实，现在你可以高枕无忧了，因为你的孩子再也不会往下掉了。从今以后，他只有向上走的一条路。”

孩子是如此，我们的人生不也一样？遇到最坏的情况，那也不坏，因为“从今天起再也不会比这更坏了，只会更好”。

让你的孩子努力考 7~17 名

我小时候读书差，考试都考红字，就是考不到 60 分。有一年考试，我好不容易考了一个超过 60 分，很高兴，拿回家给我爸爸看，我爸爸正吃饭，他放下碗哈哈大笑。哥哥姐姐很奇怪，考这么烂还笑，爸爸说这么多年来我一直在找一个接班人，现在终于找到了。我一听坏了，爸爸是农夫，向上三代都是农夫，我不要做农夫的，所以后来就用功努力读书。

我发现大陆家长很在意成绩，都想让孩子考第一名，其实，现在世界精英都不是当年的尖子生，他们在班级的排名是第 7 名到第 17 名。原因就是这些孩子人际关系更好，可以和第一名做朋友，也可以和最后一名做朋友，而且孩子压力小，生活更轻松，是创意最好的。说到这里我真感动啊，终于找到自己成功的原因了，小时候我们那班只有 17 个人。

如果你的孩子是第一名，那就让他别那么努力，轻松点进 7 到 17 名里，那才能成功嘛。如果你的孩子是后几名，那就让他努力进到前 17 名里面。

我的老师对我说：我用我的生命向你保证，你将来一定会成功

我上高中时，有位老师邀我去家里吃晚餐，我很开心。吃的是饺子，等到饺子端到桌上，我眼泪都掉下来了。老师说的话更让我感动，他说："我教书五十年，我用我的生命向你保证，你将来一定会成功。"哇，我更感动了，眼泪掉在饺

子上了。从来没人了解我，用生命向我保证。过了两个星期，我的希望破灭了，因为全班每个同学都去过他家里吃饺子。他对每个都用生命保证过。所以说考试没有考过第一名，也有人会用生命保证你会成功。

大学我考了三年，比我差半分的是世界五百强企业的老板

考大学了，第一年没考上，第二年也没考上，第三年终于考上了，大学录取分数是361，我考361.5，回到家我用红纸写上“恭祝林清玄金榜题名”，贴在大门上。

上了大学，我琢磨起谁是考361分的幸运儿。一番调查后，我发现是张毅，他是“琉璃工房”公司的老板，世界五百强企业。所以说，可能小孩成绩不是很杰出，不是那么好，但是不要放弃，因为世界上每个孩子都是不一样的，就像种植物一样，山坡地种竹笋、香蕉，沙地种西瓜和哈密瓜，烂泥巴里种芋头，不同植物适合不同土地，不是只有一个样子的。这个世界的悲哀就是把所有不一样集合在一个校园里，希望教育成一样的样子，这是个大问题。

唤醒内心的种子，就是好孩子

根据孩子的特点来教育孩子，就是唤醒孩子内心的种子。好孩子是已唤醒内心种子的孩子，他们认识到了自我；坏孩子还没有唤醒种子，没认识到自我，还浑浑噩噩地活着。

我算是唤醒了内心种子的人，从小学三年级就立志做作家，小学开始每天写500字，中学写1000字，高中写2000字，大学写3000字，我一直坚持下来，现在已经出了131本书。

孩子生命中应该掌握的能力

生命中有很多重要的东西，除了学习，孩子更应该掌握这几方面的能力：

面对挫折的能力：锻炼这个能力，除了读书，还有劳动。

爱的能力：我学生做过一个实验，回家抱自己爱的人，一百斤都抱得起来还能转一圈，抱一百斤石头肯定不行。用饱满的爱面对亲人、朋友，才能更好地面对人生。

认识生命的多元价值：台南有个高一学生，父亲是种凤梨的农民。要鉴定凤梨的甜分，每个凤梨敲三下，几年下来，父亲敲凤梨的手指肿得很粗大。学生很心疼父亲，就发明了一个可以敲三下鉴定凤梨甜度的机器，这个机器最后得到了英国发明奖的金奖。孩子不一定要成绩好，要看他对生命的理解。

世界观：现在很多孩子去国外念书，家长说是为了培养孩子世界观，这是好想法。认识到世界的广大，才能认识到自己的渺小，才能弱化自己的痛苦，才能包容世界。

表达自己的情感和思想：孩子学习了解自己，之后还要学会表达，特别是内向封闭的孩子。有个男孩喜欢一个女生，想约她，结果靠近女生就紧张，脸通红地吓跑了。这时候，我教你们“林清玄五字大明咒”：大家都是人。那个不敢追女生的男孩可以默念“我们都是人”，看见位高权重的人不敢说话也念“我们都是人”。这样克服内心紧张，我们才不惧于表达自己。

有感情后要提炼观点：好文章一定会有好观点。我给我的孩子讲睡前故事，不讲白雪公主，太老套，而是我自己写了365个故事。比如有个国王，他有个独生子，有一天国王叫王子搬个椅子到阳台赏月，王子说自己身份显贵怎么能搬椅子，椅子是下人搬的，后来国家战败，王子成了庶民，流落街头被一个做椅子生意的人收留，每天的生活就是搬椅子。先有观点，再讲故事，肯定是好故事。有感情也要不失浪漫情怀，浪漫就是浪费时间慢慢吃饭、浪费时间慢慢喝茶、浪费时间慢慢走、浪费时间慢慢变老。

和孩子细致生活

孩子长得太快，如果不细致爱孩子，不和孩子细致生活，那会不再认识孩子，不再看得到孩子的心。

我和我的孩子相处很好。每天孩子出门，我站在门口拍拍他们肩膀，说爸爸爱你们，要加油；每天孩子回家，我还是抱抱他们，说爸爸爱你们，今天辛苦了。我和三个孩子关系都很好，和他们就是朋友，同时从他们身上学习。

我大儿子上大学的时候，我送了他一个锦囊，里面四句话：大其愿，坚其志，虚其心，柔其气。一个成功的人只要有大的愿望理想、坚强意志、谦逊的态度和温柔的气质就行了。

好的小孩教不坏

有一回去参加有关青少年问题的座谈会，与会的专家都大谈教育问题，最后轮到我发言，我说关于教育我的看法很简单，只有两句话，第一句是“好的小孩教不坏”，第二句是“坏的小孩教不好。”

与会的人都大感惊诧，因为既然是这样，教育就无用了，还需要教育干什么呢？

这两句话并不是反对教育的功能，而是说透过教育所能做的事物实在非常有限。这个观点是从佛法的观点出发的，因为从因果律上看，每一个孩子投生到这世界就像是一粒种子，种子虽小，却一切都具足了。

假如这一粒是榕树的种子，那么就要以榕树的特质来帮助种子的成长，但是不管多么努力照顾，榕树的可能性是一变成大榕树，二变成小榕树，三根本不发芽成长。纵使用尽一世资源，也不可能使榕树的种子成为松树，或成为现在最昂贵的红豆杉。

教育可以做的范围大概如此，即使再天才的教育家也不应该渴望把榕树变成松树。比较不幸的是，我们目前的教育，似乎都是在努力着，希望每一个小孩子都成为红豆杉，于是耗神费力地做改变种子特质的工作，这是因为大家都相信红豆杉才最有价值的缘故。其实，国宝级的红豆杉固然可以做雕刻、做家具，而平凡的榕树又何尝不能做风景、不能让人在庙前乘凉呢？

教育，是在使一棵红豆杉长成好的红豆杉，尽其所用；也在使一棵榕树成长为好榕树，不负其质。如果教育局是使红豆杉变成榕树，或使榕树长得像红豆杉，那就完全错了。齐头式的教育，将会使许多红豆杉变成榕树，或榕树长得像红豆杉，那就完全错了。

齐头式的教育，将会使许多红豆杉或榕树不能长成他们本质的样子。

只有立足平等的教育，使草木自己成长，每个人的本质才能得以发挥。

我主张“好的小孩教不坏，坏的小孩教不好”的第二个原因，是认为教育最要紧的是唤起人内在的渴望，而不在于填塞什么内容。一个小孩如果内在的渴望被唤起，真正想为这渴望去努力，他就不容易变坏了。这渴望，就是我们幼年时代常常写作文的“我的志愿”，那志愿如果不是口号，而是了解自我本质后的确立，渴望就产生了。

举例来说，像舞蹈家林怀民、音乐家李泰祥、电影导演侯孝贤、剧场导演赖声川、雕刻家朱铭，这些充满创造力的人物，他们的教育并没有成为艺术家的环境，由于他们的成就动机（也就是渴望），他们走上了自我教育，就比较能成功。

反之，一个孩子的内在渴望没有被唤醒，他可能造成两个极端，一是庸庸碌碌终其一生，一是充满反社会的倾向。这就像我们不管土质，把洋芋、番薯、稻子、西瓜、松树全部种在一片地上，有的就不会结果，有的就会破坏水土。其实，教育的原理由大自然的培育与生态间就可以看到相同的道理。

“好的小孩子教不坏，坏的小孩子教不好”的第三个原因，是身教重于言传。我们要孩子有好的本质，必须自己先有好的本质，这样孩子们就不致因环境的关系走上岔路。

这道理很简单，就像小的孔雀一定要养在孔雀群中，它才会知道如何学习开屏，做一只美丽的孔雀；若把孔雀养在鸡群，孔雀到后来就会像一只鸡一样。孟母三迁的道理就在于此。

我把这种身教重于言教的说法，用现代一点的语言就是“典型的确立”。我们的孩子们如果从小有好的典型或偶像，那么纵使教育没有提供足够的资源，他依然有成就动机，成功的可能就大得多。我自己的环境就没有提供成为作家的资源，由于小时候的偶像都是诗人作家，也就自然地走向了作家之路。

我们大致上都可以同意，关于教育，人格比学问重要，智慧比知识重要。一个孩子若有健全的人格，而且有生活的智慧，不仅他自己会过得平安快乐，也会成为社会的正面因素。如果我们教了许多有学问、有知识的人，却人格不健全、生活贫血，那么多是整个教育、整个社会的悲哀。

天下太平的线索，就是每一个人都确立了生命的好品质。可叹的是，这个社会愈来愈重视包装而忽视品质了，“好的小孩教不坏，坏的小孩教不好”的结论是，如果钻石被磨出来了，不管怎么包装，都依然是耀眼的。

生命的酸甜苦辣

朋友请我吃饭，餐桌有一道菜是生炒苦瓜，一道是糖醋豆腐，一道是辣椒炒干丝。我看了桌上的菜不禁莞尔，说：“今天酸甜苦辣都到齐了。”朋友仔细看着桌上的菜，不禁拍案大笑。

这使我想到，即使是植物，都各有各的特性：甘蔗是头尾皆甜，柠檬则里外是酸，苦瓜是连根都苦，辣椒则中边全辣。它们这种特性，经过长时间的藏放也不失去，即使将它碎为微尘粉末，其性亦不改。还有一些做药材的植物，不管制成汤、膏、丸、散，或经长久的熬煮，特质也不散灭。

我们生活中的心酸、甜蜜、苦痛、辛辣种种滋味，不亦如植物的特性吗？一旦我们品尝过了，似乎就永不失去。在我们的生命情境中，有很多时候，是酸甜苦辣同时放在一桌的，一个人不可能永远挑甜的吃，偶尔吃点苦的、辣的、酸的，有助于我们品味人生。

在酸甜苦辣的生命经验更深刻之处，有没有更真实的本质呢?

若说柠檬以酸为本性、辣椒以辣为本性、甘蔗以甜为本性、苦瓜以苦为本性，那么人的本性又是什么呢?

我们常说“这个人本性不良”或“那个人本性善良”，可是，我们常看到素性不良的人改邪归正，又常见到公认本性良善的人却堕落了。这种本性似乎是“可转”“能改变”的，因此我们语言上所说的“本性”，事实上只是一种“熏习”，是习气的长期熏染而表现在外的，并不是最深刻的自我。

习气，是一种莫名其妙的偏执，正如嗜吃辣椒与柠檬的人，说不出什么原因。但人生的一切烦恼正是由这种偏执而产生，偏执是可矫正的，矫正的方法就是中道，例如柠檬虽是至酸之物，若与甘蔗汁中和，就变得非常的可口。去除习气只有利用中和的方法，人最大的习气不外乎是贪、嗔、痴，贪应该以“戒”来中和，嗔应该以“定”来中和，痴应该以“慧”来中和。一个人时时能中和自己的习气，就能坦然地面对生活，不至于被习气所左右。

我国有一个有名的民间传说，相传汉朝有一位姓孟的女子，幼读儒书，长大学佛，得到乡里的敬爱，年老以后被称为“孟婆”。她死后成为幽冥之神，建了一座“忘乡台”，在阴阳之界投胎必经之路。孟婆取甘、苦、酸、辛、咸五味做成一种似酒非酒的汤，称为“孟婆汤”，投胎的人喝了这种汤就会完全忘记前世，然后走入今生甘苦酸辛的旅程。

传说每一个魂魄入胎之前，各种滋味都要尝一点才能投胎，这就是为什么人人都要在一生遍尝五味的缘由。传说又说：有的人甜汤喝多了，日子就过得好些；有的人苦汁喝得多，这一生就惨兮兮。

“孟婆汤”的传说非常有趣，它启示我们：既然投生为人，就不可能全是甜头，生命里是有各种滋味的。

甘、苦、酸、辛、咸既是人生的五味，我们就难以只拣甜的来吃，别的滋味也多少会尝一些，如果是不可避免的，那就欢喜地吃吧！

想想看，人生如果是一桌宴席，上桌的菜若都是蛋糕、甜汤，也是非常可怕的呀！

以水为师

我很喜欢老子的一个故事。

传说老子的老师常枞要过世的时候，老子去请教老师最后的教化。常枞唤老子近身，叫老子看自己的嘴巴，问说：“你看我的牙齿还在吗？”

“没有，牙齿都掉光了。”老子回答。

“那么，你看我的舌头还在吗？”

“还在，还鲜红一如从前。”老子说。

常枞说：“这就是我要教你的最后一课呀。在这世界上，柔软是最有力量的。我死了之后，你要以水为师，水是这世上最柔软的东西，但是天下最刚强的东西也不能抵挡水。”

说完后，常枞就过世了。

这虽然是无法考证的传说，却点出了老子思想的精要所在。老子的《道德经》虽然讲的是“道”和“德”，但以水来做象征的篇章很多，例如：

道冲，而用之或不盈。渊兮似万物之宗。挫其锐，解其纷，和其光，同其尘，湛兮似或存。——道要像深渊一样深不可测，是万物的本源，要清澈得似有若无。

上善若水。水善利万物而不争，处众人之所恶，故几于道。——最上善的人，像水一样。水能滋养万物；而且本性温柔，顺自然而不争；能蓄居在众人不愿居住的低下之处。有水这三种特质的人，就与道相近了。

持而盈之，不如其已。——人的内心要像水一样，盛在任何器皿都不能太满，满了就会溢出，所以在满之前，就要知止。

知其雄，守其雌，为天下谿。——知道雄壮刚强的好处，宁可处于雌伏柔顺的状态，这样的人才可以作为天下的谿谷，使众水流注。

譬道之在天下，犹川谷之于江海。——道在天下万物，就像江海对于川谷，江海是百川的归宿，道也是万物的母亲。

天下之至柔，驰骋天下之至坚，无有入无间。——天下最柔软的东西，才能驾驭天下最坚强的东西，唯有以“无有”

才能进入没有间隙的实体。

大国者下流，天下之牝，天下之交。——伟大的国家应该像江海一样自居于下游，表现得像母性一样温柔，就会成为天下归结的所在。

江海所以能为百谷王者，以其善下之，故能为百谷王。——江海所以能成为百川之王，是因为它善处于低下的位置，吸引百川汇注，所以成为百川之王。

天下莫柔弱于水，而攻坚强者莫之能胜。——天下没有比水更柔弱的东西了，可是要攻破坚强的事物，没有一样胜过水。

……

因此，老子的哲学，我们可以说是水的哲学，也是守柔的哲学。

也是他反复说明“守柔曰强”“柔弱者，生之徒”“弱者，道之用”“柔弱胜刚强”等等的理由。但这种柔弱、柔顺、柔软、柔忍并非怯懦，而是“虚其心，实其腹，弱其志，强其骨”的。

天下人皆知水的珍贵，却往往轻忽那丰沛的水；善能以水为师的，实在是太少了。所以老子才会感慨地说：“弱之胜强，柔之胜刚，天下莫不知，莫能行。”（弱能胜强，柔能克刚，天下人都知道，但天下人都难以实践。）

感慨还是好的，有时候令人悲哀。如果我们对人说应该以水为师，珍惜每一滴水，保护环境和水土，不要滥垦滥葬，不要设高尔夫球场，不要破坏森林，这时候，“下士闻道，大笑之，不笑不足以为道。”（识见浅薄的人听到珍贵的道理，便大笑起来，如果他不笑，也不能算道了。）

在天下大旱之际，想到老子“以水为师”“守柔曰强”的思想，感受更是深刻。我们今天“居大旱而望云霓”，不正是从前“为者败之，执者失之”的结果吗？

为民牧者一边在破坏水土的球场上打高尔夫球，一边渴雨祈雨，他们有没有反省从前的作为呢？

流浪水

孩子跟老师到海边去，回来后用了一夜的时间，告诉我海边的故事。

他们到海边后去看海、吃鱼丸、坐渡轮，他说："渡轮上有一个像电扇一样旋转的东西，一直噗噗噗地打着海水，海水被打到后面去，渡轮只好前进了。"

他说："老师叫我们蹲着，伸手摸海水，海水好冰喔，比我们家水龙头的水还冰。"

他说："海好大好大，有好多的鱼、虾、螃蟹都可以在里面生活，但是它们可能没有办法游遍整个海，因为太大了嘛！对不对？"

……

我问孩子:“那么，你对海，觉得最好玩的是什么？”

他说:“是流浪水。”

“流浪水？”

“是啊！流浪水就是一下子打到海边上又退回去，隔一下子又打到海边上的那一种水。许多鱼呀虾呀都跟着流浪水，流上来呀，又流下去。它们一生下来就在流浪水里，长大了在流浪水里，最后死了也在流浪水里。老师说，有很多鱼虾生长在海底，那里的水不是流来流去，很可能它们从来不知道自己在流浪水里……”

我对孩子说:“那不叫流浪水，那是海浪。”

“流浪水不就是海浪吗？”孩子用天真的眼睛看着我。

“对，流浪水就是海浪。”我说。

孩子才安心地去睡觉了。

深夜里，我思考着孩子的话，所有的海中动物是生长在流浪水里，它们一生都在海里流浪着，当然从来没有一只海中的动物可以游遍整个海。有很多深海里的动物，从不知道海水是一波一波地流浪着，然后它们在无波的深海里，平静地死去。

流浪水是多么美丽的海之印象呀！

海的动物生活在流浪水里，我们陆上的众生何尝不是生活在流浪水里呢？我们的流浪水是时间，一个白天一个黑夜地有规律循环着，不正如打在岸上又退去的流浪水吗？从小的角度看，当然每个白天和黑夜相同，可是从大的观点看，白天黑夜不正如我们看海浪一样，没有什么差别吗？

可叹的是，很少有人警觉到时间的流浪水，于是他们就会在没有观照的景况下度过一生。

警觉到时间的流浪水仍然不够。其实每一个人有了觉醒之后，心性就会像大海一样，看着潮涨潮落，知悉心海的浪循环之周期，这些海浪再汹涌，在海底最深的地方，却是宁静而安适的。因为深刻地观照了流浪，便不会被流浪水所转，不会在拍岸时欢喜，也不会在退落时悲哀。胸怀广大，涵容了整个大海。

自性心水的流露正像这样，因此在生命中觉悟而进入深海里的人，与从来不知道流浪水的人是不一样的。前者无惧于生死的流浪，后者则对生死流浪因无知而恐惧，或者因愚昧而纵情欢乐。

学插花

有一位朋友在学插花，是日本某一流派的花艺。

我对日本人的花艺一向没有好感，因为那被称为花艺的，正好是集匠气与矫作于一炉。因此，我对潇洒且大而化之的朋友竟去学日式插花觉得格外好奇。朋友告诉我，那看起来僵化的日式插花，其实只是一种格式，是性格与观点的锤炼，对于学得通达的人，不但仍有极大的创作空间，还能激发出人的潜力。

她说:“插花和禅一样，表面上有最严苛的形式，事实是在挖掘最大的自由。你不觉得，只有经过最严格的训练才有最自由的资格吗？”

朋友的话给我不小的启示，原来插花也是“绝地逢生”

的事。凡是绝地逢生就如悬崖断壁上的兰花，或污泥秽地清放的莲花，或是漠漠黄沙里艳红的仙人掌花一般，既刺人眼目，又具禅的精神。什么事到了最高、最绝、最惊人，就被俗人看成是禅意了。

学插花的朋友，说起她学插花获益最大的一件事。

她说："我刚学插花时，老师教怎么插，我们就怎么插。三个月以后我才发现，老师每次插的花不是一朵、三朵、五朵，就是七朵、九朵，几乎没有二四六八的。我心里起了疑情，双双对对不是很好吗？为什么插花都要单数呢？我很慎重地去问老师，那位日本老师说，一三五七九是单数，插出来的花叫作'生花'，就是有希望的花，由于不圆满，才显得有希望；双双对对的插花是'死花'，因为太满了。我听了好感动，留一些缺憾、有一点理想不能完成、永远留下一丝丝不足才是最美的呀！"

缺憾有时比圆满更美，真是不可思议。朋友的话使我想起为什么菩萨要留一丝有情在人间，而且一直在苦难的煎熬中游化。菩萨之所以比声闻缘觉更美、更动人，那是他们在乎，在乎一切的有情，由于这样的在乎，追求事事圆满倒不是菩萨的志向，菩萨的志向是恒常保持一个有希望的观点，生生不息。

飞越冰山

有一年春天，我搭飞机从夏威夷到美国东岸，中途的时候，驾驶员报告了我们正在飞越阿拉斯加上空，靠近了北极圈，机舱里的乘客纷纷探头往窗外看。

窗外的大地覆盖着一片洁白的冰雪，平原、河流、山脉上都是白色，白得令人昏眩。尤其是那些在山顶上的积雪，因为终年不化，更白得刚强而尖锐，在飞机上都可以感受到直而冷的线条，一道道划过冷而寂静的大地。

机上的乘客无不为眼前这壮丽、清明、无尘的大地动容赞叹，觉得是人间少见的美景，尤其是我们刚刚从热情、温暖、海洋蔚蓝、阳光亮丽的夏威夷离开，北国的风情就像一口冰凉的清水灌入了胸腹，再加上有了很高的距离，再冷的景致也无不温馨而美丽了。

那时是春天，虽然看着遍地的冰雪，大家也知道已是春天了。高空上的阳光多么耀眼，云多么明丽，天空多么湛蓝，都在哄传春天的消息。

就在飞机上，我想起学生时代非常喜欢的一部记录电影《北极的南奴克》，那是一部真实记述生活在北极圈中的南奴克人的记录电影，他们在冰雪中诞生、在冰雪中成长及繁衍种族，也在冰雪中老去死亡。对于南奴克人，冰天雪地是天经地义，他们的一生没有见过冰雪以外的世界，虽然他们在冰雪中艰困地生活，却从来没有想过追寻另外的世界。

当我们从很高的飞机上看美丽的冰雪大地，很难想象有许多人和动物在其中过着艰险的渔猎生活，即使知道那些艰险，站在高点上看，也仿佛没有那么苦了。

我们的飞机很快就飞越冰山，飞进一个百花盛开的城市，那看起来空阔无边、不能横越的冰雪，很快的，竟成为记忆的一部分，被远远地抛弃了。

虽然我们是在高空上飞越冰雪，才有清爽亮丽的心情，但如果还原到人生里，生活也就是这样了。我们的一生固然短暂，却有非常多的时刻，我们会感觉到被冰雪的寒冷所围困，或者沦陷到无边的黑暗里。任何一个人完全避免心灵的寒冷与黑暗是不可能的。

那么，在寒冷与黑暗包围我们的时候，我们要如何去面对，才能维持自在与希望呢？

说起来非常简单，就是让自己的心爬上高点，由一个比较广大的角度来观照自我。这并不是使身心分离，而是真实知道人生的变数虽然有害，但若是从大的心量来看，变数也是常数的一部分，正是觉悟的开启与智慧的契机。

我们在阿拉斯加的上空可以看到冰雪之美，我们在黄昏的最后时刻也能感受黑暗之美，那是我们知道很快就能飞越冰雪，也知道黑暗是迎接光明的一种必然。

心的上升，往往使我们能时常处在光明与温暖的境界；倘若我们一直执着寒冷与黑暗的伤害，我们就会沉沦而不自知。

何不随时准备飞越冰山呢？因为生活的冰雪只有心的温暖、心的高度、心的广大可以飞越。

转　动

有一句俗语说：“滚动的石头不生苔。”意思是当一个人时常变化自己，那么他就可以时常保持光润的面貌。

但是，滚动的石头不生苔，是不是意味着静止的石头或生苔的石头是不好的呢？其实，光润之石固然好，但生苔的石头也没有什么坏。再进一步说，滚动的石头是自愿地滚动呢？还是被别人所滚动呢？如果是自愿滚动追求光润，光润就是好的；如果是想要生苔却被别人滚成光润，光润就是一件坏事了。

这真是一个大问题。每个人在童年或青年时代，都认为要自己转动，甚至来转动这个世界。但是到了中年以后就会发现，原来没有什么事情是可以由自己转动的，我们只是被外在的世界所转动的一粒石头罢了。于是大部分的中年人都失去了生苔的生命力，而有一种表面上看起来光润、事实上是世故的圆滑。

转动世界，或者只是小小地转动自己，都是何其不易！

当然，被世界转动我们，就容易得多了。

大部分人都会在这种转动里落进一个无可奈何的境况，就是发现自己并没有转动世界的力量，却又不甘心落入完全被转动的地步。所以，就一直保持着继续奋斗的精神，流血流汗，耗费了大部分的青春。偏偏最后的结局还是世界在转动着，我们只是这转动中的一块石头，甚至一粒微尘！

可悲的不在于时空的辽远与世界的宽阔，而是我们的渺小与幽微。

不错，世界是不可转动，或者说转动世界是艰难的。那么现代人如何在认清这种实相之后，还能活得自在、积极、愉悦、明朗，同时不失去为理想奋斗的勇气呢？答案就是与转动的世界处在一种和谐的状态，并能冷静观照到自己的流转，使自己的心性独立于世界，有着独特的精神。

听起来似乎有些晦涩，其实不难明白，就是我们虽然不免在物质上必须活在现实世界，我们也会在现实世界中一天天地老化，但是在精神上我们能超拔出来，以更高的观点看人生，而在心灵的深处不随年纪老去，保持着对世界新鲜而有希望的心情。

这就是“至道无难，唯嫌拣择；但莫憎爱，洞然明白”的精神——接受现实世界苦乐的转动吧！不要去分别、去爱憎，只要心里明明白白，就能容易地走向无上智慧的道路。

我们很容易能观察到，这世界上的儿童与青年，每一个都有不同的面目，他们通常能断然拒绝物欲的魅惑、追求理想的标杆。可是，这世界的中年人，往往丧失理想的标杆，趋入物欲的泥沼，这就是随外在世界完全转动的结果。

以至于这个世界的中年人，不论男女，都有着相似的面貌与表情，那是由于世界不但转动他的现实，也转动了他的青春与心性，甚至转动了他为理想奋斗的热情了。

理解世界的转动是不可抗拒的，也理解着与这转动和谐，同时知道有一个如如不动的本体，知觉有不可动转之处，这是转动的世界里能自在明朗的一种锻炼。

譬如，下雨天的时候，出门别忘了带伞，但保有春日晴好的心情。

譬如，处在黑暗的境况犹如进入戏院，能在黑暗中等待，以便灿烂的电影开演。

譬如，成功的时刻不要迷恋掌声，因为知道最好的跑者都是不顾掌声，才跑在掌声之前。

譬如，在拥挤吵闹的公车上与人推挤，也能安下心来期待目的地，因为有一个目的地，其他的吵闹、挤迫，乃至于偶尔被冲撞，又有什么要紧呢？

转动者与被转动者，是我们所眼见的世界，或是我们不可见的自我呢！

快乐地活在当下

报社的记者来访问，突然问起，“林先生有什么座右铭呢？”

我的座右，通常用3M的便条纸写一些当日的注意事项，于是撕几张下来给记者小姐看：

“出去时，别忘了买苜蓿芽。”

“欠讲义的稿件，今日写。”

“缴房屋贷款。”

“帮亮言买毛笔。”

我说：“你看，我有这么多的座右铭。”

记者笑起来，“林先生真爱开玩笑，我是说真正的座右铭。”

“什么是真正的座右铭呢？”

“就是刻在心里，时时用来规范和激励自己的一句话。”

这倒使我陷入困境了，因为我并没有一个真正的座右铭，若勉强说有，就是我时常拿来实践的一句话："快乐地活在当下。"

"活在当下"是禅宗的语言，是说人应该放下过去的烦恼、舍弃未来的忧思，把全部的精神力用来承担眼前的这一刻。失去此刻就没有下一刻，不能珍惜今生也就无法向往来生了。

"活在当下"也就是"快乐来临的时候就享受快乐，痛苦来临的时候就迎向痛苦"，在黑暗与光明中，既不回避，也不逃离，以坦然自然的态度来面对人生。

我把"活在当下"加了"快乐地活在当下"，是除了承担之外，还希望有期许、有愿望、有好的心情，不只坦然和自然，还希望能扭转此时此刻的生活，使自己永葆喜悦之心。

这可以说是我的座右铭。因此欠的稿件，要欢喜地写；缴房屋贷款，要欣然地缴；苜蓿芽和毛笔，都要高兴地去买。

我的桌边依然贴着许多条子，只有"快乐地活在当下"不用张贴于座右，因为那正是我生命的态度。

黄昏月娘要出来的时候

开车从大汉溪到莺歌的路上，黄昏悄悄来临了，原本澄明碧绿的山景先是被艳红的晚霞染赤，然后在山风里静静地黯淡下来，大汉溪沿岸民房的灯盏一个一个被点亮。

夏天已经到了尾声，初秋的凉风从大汉溪那头绵绵地吹送过来。

我喜欢黄昏的时候，在乡间道路上开车或散步，这时可以把速度放慢，细细品味时空的一些变化。不管是时间还是空间，黄昏都是一个令人警醒的节点。在时间上，黄昏预示了一天的消失，白日在黑暗里隐遁，使我们有了被时间推迫而不能自主的悲感；在空间上，黄昏似乎使我们的空间突然缩小，我们的视野再也不能自由放怀了，那种感觉就像电影里的大远景被一下子跳接到特写一般，白天不在乎的广大世界，黄昏时成为片段的焦点——我们会看见橙红的落日、涌起的山峦、斑斓的彩霞、墨绿的山线、飘忽的树影，都宛如定格一般。

事实上，黄昏与白天、黑夜之间并没有断绝，日与夜的空间并不因黄昏而改变，日与夜的时间也没有断落。那么，为什么黄昏会给我们这么特别的感受呢？欢喜的人看见了黄昏的优美，苦痛的人看见了黄昏的凄凉；热恋的人在黄昏下许诺誓言，失恋的人则在黄昏时看见了光明绝望的沉落。

就像今天开车路过乡间的黄昏，坐在我车里的朋友因为疲倦而沉沉地睡去了，穿过麻竹防风林的晚风拍打着我的脸颊，我感觉到风的温柔、体贴与优雅，黄昏的风是多么静谧，没有一点声息。

突然一轮巨大明亮的月亮从山头跳跃出来，这一轮月亮的明度与巨大，使我深深地震动，才想起今天是农历六月十八,六月的明月其实是一点也不逊于中秋的。说看见月亮的那一刻使我深深震动，一点也不夸张，因为我心里不觉地浮起两句有些忧伤的歌词：

若是黄昏月娘欲出来的时，

加添阮心内悲哀。

这两句是一首闽南语歌《望你早归》的歌词，记得它的原作曲者杨三郎先生曾经说过他作这首歌的背景。那时台湾刚刚光复，因为经历了战乱，他想到每一个家庭都有人离散在外。凡有人离散在外，就会有思念。而思念在黄昏夜色将临时最为深沉和悠远，心里自然有更深的悲意，于是他自然地写下了这一首动人的歌。我最爱的正是这两句。

现在时代已经改变了，战乱离散的悲剧不再和从前一样，但是大家还是爱唱这首歌，原因在于，每个人的心灵深处都埋藏着远方的人啊！我觉得在人的情感之中，最动人的不一定是生死相许的誓言，也不一定是缠绵悱恻的爱恋，而是对远方人的思念。因为，生死相许的誓言与缠绵悱恻的爱恋都会破灭、淡化，甚至在人生中完全消失，唯有思念能穿破时间和空间的阻隔，永远在情感的水面上开花，犹如每日黄昏时从山头升起的月亮一样。

远方的思念是情感中特别美丽的一种，可惜这个时代的人已经逐渐失去了这种情感，就好像越来越少人能欣赏晚上的月色、秋天的白云、山间的溪流一般。人们总是想，爱就要轰轰烈烈，要情欲炽盛，要合乎时代的潮流，于是乎，爱的本质就完全地改变了。

思念的情感不是如此，它是心中有情，但眼睛犹能穿透情爱，有一个清明的观点。一如太阳在白云之中，有时我们看不见太阳，而大地仍然非常明亮。太阳是永远存在的，一如我们所爱的人，不管他是远离、死亡，还是背弃，我们的思念永远不会失去。

佛经告诉我们“生为情有”，意思是人因为有情才会投生到这个世界。因此凡是生活在这个世界的人，必然会有其许多情缘的纠缠。这些情缘使我们在爱河中载沉载浮，使我们在爱河中沉醉迷惑，如果我们不能在情爱中维持清明的距离，就会在情与爱的推迫之下，或贪恋、或仇恨、或愚痴、或痛苦、或堕落、或无知地过着一生。

尤其是情侣的失散几乎是不可避免的必然了，通常，情感失散的时候就会使我们愁苦、忧痛，甚至怀恨，但是我们必须认识到愁苦、忧痛、怀恨都不能挽救或改变失散的事实，反而增添了心里的遗憾。有时我们会感叹，为什么自己没有菩萨那样伟大的情怀，能站在超拔的海面晴空丽日之处，来看人生中波涛汹涌如海的情爱？

其实也没有关系，假如我们不能忘情，也可以从情爱中拔起身影，有一个好的面对。这种心灵的拔起，即是以思念之情转换悲苦的心。思念虽有悲意，但那样的悲意是清明的，乃是认识了人生的无常、情爱不能永驻之实相对自我、对人生、对伴侣的一种悲悯之心。

释迦牟尼佛早就看清了人间有免不了的八苦，就是生、老、病、死、爱别离、怨憎会、所求不得、烦恼炽盛。这八苦的来由，归纳起来，就是一个“情”字。有情必然有苦，若能使情成为思念的流水，则苦痛会减轻，爱恨不至于使我们窒息。

我们都是薄地的凡夫，我很喜欢“凡夫”这两个字，凡夫的“凡”字中间有一颗大心，凡夫之所以永为凡夫，正是多了一颗心。这颗心犹如铅锤，蒙蔽了我们自性的清明，拉坠使我们堕落。若能使凡夫之心犹如黄昏时充满思念的明月，则即使有心，也是无碍了。能以思念之情来转换情爱失落败坏的人，就可以以自己为灯，做自己的皈依处，纵是含悲忍泪，也不会失去自己的光明。

佛陀曾说：“情感由过去的缘分与今生的怜爱所产生，宛如莲花由水和泥土这两样东西所孕育。”是的，过去的缘分是水，今生的怜爱是泥土，然后开出情感的莲花。

人的情感如果是莲花，就不应该有任何的染着。假如我们会思念、懂得思念、珍惜思念，我们的思念就会化成情感莲花上清明的露水，在清晨或黄昏，闪着炫目的七彩。

> 若是黄昏月娘欲出来的时，
> 加添阮心内悲哀。

我轻轻唱起了这首《望你早归》的思念之歌，想象着这流动在山林中的和风，有可能是我们思念远方人的轻轻的呼吸。在千山万水之外，在千年万岁之后，我们的思念是一枚清楚的戳印。它让我们来到这个世界，不失前世的尘缘；它让我们转入未来的时空，还带着今生的记忆。

引动我们悲凉的月亮，如果我们能清明，也会使我们心中的明月在乌云密布的山水之间升起。

我想起两句偈：“心清水月现，意定天无云。”

然后我踩下油门，穿过林间小路，让风吹过，让月光肤触，心中想着夜曲一般小提琴的声音，琴声围绕中还有一盏灯火。我自问着：远方的人不知听不听得见这思念的琴声？不知看不看得见这光明的灯盏？

你呢？你听见了吗？你看见了吗？

从人生的最底层出发

在人生最底层也不要放弃飞翔的梦想

我的人生几乎是从最底层出发的。我生长在一个几乎没有文化和文明的地方，而且家庭十分贫困。我没有读过什么好的学校，学校里的老师经验也都很不足，就像给我们教英文的老师，其实他只是受了几个月的短训就上岗了。但这没有妨碍我们的成长。

这个老师教我们用汉字来记住英文单词，“土堆”就是today，“也是土堆”是yesterday，而tomorrow就理所应当地变成了“土马路”。于是，我记住了这些单词，还明白了一个道理：“今天是土堆没关系，昨天是土堆也没关系，只要明天能成为一条土马路就行。”

17岁那年，我决定离开家乡。临行前，妈妈送了我一样东西，是一个玻璃的瓶子，里面装着黑黑的东西。母亲说，你别小看，这里面装了三样重要的东西，一样是拜祖先的香炉里的香灰，一样是农田里的土，还有一样是井里的水。闽南的祖先们在离开家乡的时候都会带着这个，说是带着这个去到别处就不会水土不服，而且有了它们，走到哪里，哪里就是你的家乡。这个瓶子至今还摆在我的桌上，它让我明白了什么是家乡。

因为身上没钱，离家后的生活一度过得很苦。我曾经在餐馆当过服务生，做过码头工人，摆过地摊，还在洗衣店烫过衣服，甚至还杀过猪。杀完猪回到家，洗完手，就继续写作，变成作家。那会儿我17岁，开始陆续发表作品，被一部分读者视为“天才”。

我一直坚持写作，希望能变成一个成功的作家。在我们那个地方几百年来没有出现过一个作家，我知道要实现自己的理想，一定要比别人更勤快。我从小学三年级时开始，规定自己每天写五百字，不管刮风下雨、心情好坏；到了中学，每天写一千字的文章；到了大学，每天写两千字的文章；大学毕业以后每天写三千字的文章；到现在已经四十年了，我每天还写三千字的文章。

在我生长的年代，要当作家很难，因为稿费很少。我还有个习惯，就是绝不废话，能三千字写完的，绝不会写成五千字，能五百字写完的绝不会变成一千字。

想当作家并不是那么容易的一件事。为了生存，我开始去报社上班。我对成功的欲望很强，和当时所有的年轻人一样，希望得到名利、金钱、影响力。我工作很卖力，因而很快就升迁，第 6 年就当了总编辑，同时还在报纸上写 18 个专栏，主持节目当电视公司的经理，还做了广播节目《林清玄时间》，一时风头无两，成为大众眼中成功的人。

到如今，我一共写了一百七十几本书，摆起来比我的身高还高。当时台湾有个杂志，评选“40 岁以下的成功人士”，我排行第一。

觉悟就是“学习看见我的心”

我以为，成功应该很快乐，应该每天带着“神秘的微笑”。但事实上很难，因为每天从早到晚要开七八个会，还要和很多你不喜欢的人约会、应酬，到最后，生命的时间和空间被挤压，发现自己已经很难静下心来写一篇文章，而且幽默和浪漫精神不见了，对年轻时候向往的东西都失去了兴趣。

有一天，我在报馆里等待看样刊，无聊的时候就翻开了一本书，开篇第一句话说：“到了 30 岁的时候，要把全部的时间用来觉悟。如果到了 30 岁还没有用来觉悟，就会一步步走向死亡。”我当时很震惊，因为那会儿我已经过了 30 岁了，却完全不知道觉悟是怎么回事。我开始思考，什么是觉悟。不久之后，我辞掉了所有的工作，到山上去闭关，去清修和思考，开始走进佛教的世界。清修持续了三年，这也是为什么后来我的作品中有了很多关于宗教的元素。

三年后，我觉得自己已经有了很多领悟，明白“觉”就是“学习看见”，“悟”是“我的心”，所谓“觉悟”就是“学习看见我的心”，因为心恋红尘，我决定下山。

在山下路过一个水果摊，我想买点水果，当时老板不在，我便在边上等，这时候一个路人过来，问我水果怎么卖，将我误认为老板。我当时的第一反应是：“我经过了三年修行，大家竟然看不出来我很有智慧？”随即我就意识到，觉悟修行并不会改变人的相貌，只是内心起了革命。

之所以讲觉悟，是因为现代社会，很多人看不到自己的心。我们把生活分成两部分，一部分是重要的生活，一部分是紧急的生活，会发现很多人都在过紧急的生活，随波逐流，而不是过重要的生活。

什么是重要的生活？陪着爱人散步，躺在草地上看星星，一个小孩有没有幽默感、懂不懂得爱和宽容，这些是重要的。而每天着急上班、学习、考试，是紧急的。当人整天在紧急的事情里面打转的时候，“琴棋书画诗酒花”就会变成“柴米油盐酱醋茶”，要学会腾出一些空间，进入“重要的生活”。

台湾有个最有钱的博士，叫王永庆，他在92岁的时候去世了，是在美国巡视工厂的时候。我听到消息很难过，我想如果我90岁有5000亿财产，我会去巡视工厂吗？答案是一定不会。王的后人迄今还在为财产争夺不休，这是一件很让人伤心的事，因为他们没有觉察到什么才是重要的生活。

还有一个富翁叫郭台铭，虽然他有很多财产，但他最后娶了一个平凡的舞蹈老师。我问他：你为什么会选她？他回答我说：我太太最大的优点，是她身上闻不到钱的味道。这表明，对于一个整天追逐金钱的人来说，没有钱的味道反而是最大的优点，意味着这个人并没有掉进欲望的泥沼。

成功是今天比昨天更慈悲、更智慧、更懂爱与宽容。

再艰难时，也不要失去对人生真实价值的认知

怎样才能觉悟？你必须做到以下四点：

一、要尽可能地把所有时间和空间都留给那些重要的事情。

历史上有一个很了不起的人，叫陆羽。他是一个弃儿，长大后，他给自己取了陆羽的名字，意思是漂流在陆地上的一根羽毛。他立志要喝遍天下的茶、饮遍天下的水，于是从9岁开始就一直旅行。我后来曾追随他的饮茶之路去寻访，深刻地体会到了他的不容易，全国的茶区那么多，在只依靠步行的年代，他都一一走遍，还写下了《茶经》，成为一千三百年来无人超越的经典。支撑他的，就是一股叫作梦想的力量，他懂得，有限的人生里什么是重要的事情。

二、你必须要意识到，世俗的事务并非无价。

什么是无价的？是浪漫的精神。有一次我去上海演讲，和朋友站在黄浦江边吹风，觉得夜晚的黄浦江格外地美，十分浪漫。此时，我的同伴撞了我一下，“喂，你知道每年黄浦江有多少人自杀吗？”哈，真是煞风景。

什么是浪漫？“浪费时间慢慢吃饭，浪费时间慢慢走，

浪费时间慢慢喝茶……这些都是浪漫”，浪漫其实就是创造一种时空、一种感受、一种向往、一种理想，在你的世俗土地上开出一朵玫瑰花。

即便是被世俗捆绑，即便是处于人生低谷，也要时刻保持浪漫精神。求婚也并不一定需要房子、车子、票子，以及很大的钻戒，我只是写了“纵使才名冠江东，生生世世与君同”两句诗，妻子就感动异常，嫁给了我。

三、不要失去对真实价值的认知。

现代社会，很多人对价值的认知已经不那么清楚。

有一次，我在上海走过一家百货，看见橱窗里挂着一个包，售价 100 万元人民币，那是爱马仕的鳄鱼皮包。我很吃惊，谁会花 100 万买这个包呢？但显然是因为有人买才会有销售。

很多人都被这些名牌捆绑和魅惑，在吃穿用度上，花很多钱来消费，但事实上，他们看中的并不是物品本身的价值，而是价格。我到商场里去买衣服，都会问服务员，有没有没牌子的东西？只有撕掉牌子，物件才会回归本身的价值。因为我希望寻找的是生命的价值。

我认识北京的一个有钱人，是个矿产大亨，每年赚 100 多亿人民币。他家地面用的是玻璃，下面水池里养着锦鲤。这些锦鲤都经过标准的挑选，不合格的鱼会被拿去扔掉或给大鱼吃。

因为不符合某些标准，有些锦鲤一出生就被决定了凄惨的命运。后来，我把那些不合格的鱼买了回来，养出来也格外与众不同。人如果只认识统一的、固定的价值观，实际上是很可怜的。好在人不是锦鲤，就算出生微贱，也可以通过自己的努力，找到自己生命的价值。

四、要认识到这个世界是多元的而不是单一的。

这个世界的可怕之处在于，大部分人被训练成单一的人，按照上学、考试、工作、结婚等标准流程活着。这很值得检讨。

你看看这个世界，最辣的是辣椒，最酸的是柠檬，最苦的是苦瓜，最甜的是甘蔗。如果你把它们养在一块土地上，会出现两种结果：全部死掉，或只有一种活下来。它们本来活在不同的土地上，有不同的成长经历，如果硬将它们放在一起，也许辣椒最后会变成苦瓜。

人需要发展自己的特质，但是也要包容别人的不同，这个世界才会精彩。因此家长也不要总拿自己的孩子和别人家的作比较，因为辣椒不需要和茄子比较，辣椒只要自己够辣就好。

人们从小就要发现，自己最合适做什么、做什么才最快乐。我这辈子一直想当作家，从来没有改变。清华大学一百年的时候，有学生问我，你已经写了一百七十多本书，还会接着写吗？我的回答是，如果我下午会死，我会写到今天早上，如果明天会死，我会写到明天早上。我已经写了四十多年，我一直在想，我最好的作品还没有写出来，我要一直努力。

如果你现在问我什么是成功，我会说，今天比昨天更慈悲、更智慧、更懂爱与宽容，就是一种成功，如果每天都成功，连在一起就是一个成功的人生。不管你从哪里来、要去到哪里，人生不过就是这样，追求成为一个更好的、更具有精神和灵气的自己。

水终有澄清的一天

在我童年居住的三合院里，沿着屋檐滴水的沟槽下，摆了一排大水缸。

水缸有半人高，缸口大到双手不能环抱过来，是为了接盛从屋顶流下来的雨水。

刚下过雨的水缸是浑浊的，放一些明矾进去，等个两三天，水就会慢慢地澄清。因此，妈妈严格规定我们不能玩水缸的水。可是，不玩自己家的水，并不表示不玩别人家的水。

我们家正好在去中学必经的路上，每天有成百上千的学生走过。有一些喜欢恶作剧的孩子，路过的时候就会突然冲进院子，把每个水缸都搅一下，然后呼啸着跑走。

这可恶的举动，使我们又愤怒、又紧张。为了防止水被弄浑，我们终日都坐在院子里，等待恶作剧的孩子。妈妈看我们被水缸弄得心神不宁，就安慰我们，“你们的心比水缸的水还容易混乱。那些孩子，根本不用理，时间一久，他们自然就觉得没什么好玩了。做自己该做的事，水，终有澄清的一天。”

“水终有澄清的一天！”妈妈的教诲，常常在我被误解、扭曲、诬陷的时刻，从水缸中浮现出来。我的心像水一样容易混乱，但在混乱之际，不需要过度地紧张与辩白，需要的是安静如实地生活。当我们的心清明，水缸的水自然就澄清了。

如今，我想起院子里的水缸，就会想到一个洁身自爱的人，心境就如水缸里的水，来自天地，自然澄清。生命中的曲解，是一时一刻的；智慧与心境的清明追求，却是生生世世的。

一秒钟的混乱，可能要三天才能清明，但只要我们能够迈向更高的境界，水，终有澄清的一天。

第六辑　迷路的云

猫头鹰人

在台北信义路上，有一个卖猫头鹰的人，生意挺不错。他的猫头鹰种类既多，大小也很齐全，有的猫头鹰很小，小到像还没有出过巢，有的很老，老到仿佛已经不能飞动。

一年多前我带孩子散步经过，孩子拼命吵闹，想要买下一只关在笼子里的小猫头鹰。那时，卖鹰的人还在卖兔子，他努力推销说："这只鹰仔是前天才捉到的，也是我第一次来卖猫头鹰，先生，给孩子买下来吧！你看他那么喜欢。"这个中年人看起来非常质朴，是刚从乡下到城市谋生活的样子。

我没有给孩子买，"如果都没有人买猫头鹰，卖鹰的人以后就不会去捉猫头鹰了，你看，这只鹰这么小，它的爸爸妈妈一定为找不到它在着急呢！"

此后我常常看见卖鹰的人，他的规模一天比一天大，到后来干脆只卖猫头鹰，定价从550元到1000元左右，生意好的时候，一个月卖掉几十只。我劝他说：“你别捉鹰了，捉鹰的时间做别的也一样赚那么多钱。”他说：“那不同咧！捉鹰是免本钱稳赚不赔的。”对这样的人，我也不能再说什么了。

后来我改变散步的路线，有一年多没有见过卖鹰者。前不久我又路过那一带，再度看到卖鹰者时，大大吃了一惊，他的长相与一年前我见到他时完全不同了。

他的长相几乎变得和他卖的猫头鹰一样，耳朵上举、头发扬散、鹰钩鼻、眼睛大而瞳仁细小、嘴唇紧抿，身上还穿着灰色掺杂褐色的大毛衣，坐在那里就像是一只大的猫头鹰，只是有着人形罢了。

短短一年多的时间，为什么使一个人的长相完全不同了呢？我想到，做了很久的屠夫的人，脸上的每道横肉，都长得和他杀的动物一样；在银行柜台数钞票很久的人，脸上的表情就像一张钞票，冷漠而势利；在小机关当主管作威作福的人，日子久了，脸变得像一张公文，格式十分僵化，内容逢迎拍马……

一个人的职业、习气、心念、环境都会塑造他的长相和表情，这是人人都知道的，但像卖鹰者的改变那么巨大而迅速，却仍然出乎我的预想。我和他打招呼，他居然完全忘记我了，就如同白天的猫头鹰，眼睛茫然失神，只是说："先生，要不要买一只猫头鹰，山上刚捉来的。"

和朋友谈起，朋友说："其实，变的不只是卖鹰的人，你对人的观照也改变了。卖鹰者的长相本来就那样子，只是习气与生活的濡染改变了他的神色和气质罢了。我们从前没有透过内省，不能见到他的真面目，当我们的内心清明如镜，就能从他的外貌而进入他的神色和气质了。"

难道，我也改变了吗？

在这个世界上，我们的意念都如在森林中的小鹿，迷乱地跳跃与奔跑，一旦意念顺着轨道往偏邪的道路如火车开去，出发的时候好像没有什么，走远了，就难以回头了。所以，向前走的时候每天反顾一下，看看自我意念的轨道是多么重要呀！

横过十字街口

黄昏走到了尾端，光明正以一种难以想象的速度自大地撤离，我坐在车里等红绿灯，希望能在黑夜来临前赶回家。

在匆忙地通过斑马线的人群里，我们通常不会去注意行人们的姿势，更不用说能看见行人的脸了。我们只是想着，如何在绿灯亮起时，从人群前面呼啸过去。

就在行人的绿灯闪动、黄灯即将亮起的一刻，从斑马线的开头出现了一个特别的人影，打破了一整个匆忙的画面。那是一个中年的极为苍白细瘦的妇人，她得了什么病我并不知道，但那种病我们偶尔在街角的某一处见到，就是全身关节全部扭曲，脸部五官通通变形，而不管走路或停止的时候，全身都在甩动的那一种病。

那个妇人不同的是，她病得更重，她全身扭成很多褶，就好像我们把一张硬纸揉皱丢在垃圾桶、捡起来再拉平的那个样子。她抖得非常厉害，如同冬天在冰冷的水塘里捞起来的猫抽动着全身。

当她走起来的时候，我的眼泪不能自禁地顺着眼角流了下来。

我不知道自己为何落泪，但我宁可在眼前的这个妇人不要走路，她每走一步就往不同的方向倾倒去，很像要一头栽到地上，而又勉力抖动绞扭着站起，再往另一边倾倒过去。她全身的每一根骨头、每一条筋肉都不能平稳地留在应该在的地方，而她的每一步之艰难，就仿佛她的全身都要碎裂在人行道上。她走的每一步，都使我的心全部碎裂又重新组合，我从来没有在一个陌生人的身上，经验过那种重大的无可比拟的心酸。

那妇人，她的手上还努力地抓住一条绳子，绳子的另一端系在一条老狗的颈上，狗比她还瘦，每一根肋骨都从松扁的肚皮上凸了出来，而狗非常安静有耐心地跟着主人，缓缓移动，这是多么令人惊吓的景象，仿佛把全世界的酸楚与痛苦都在一刹那间，凝聚在病妇与跛狗身上。

她们一步步踩着我的心走过，我闭起眼睛，也不能阻住从身上每一处血脉所涌出的泪。

我这条路上的绿灯亮了，但没有一个驾驶人启动车子，甚至没有人按喇叭，这是极少有的景况。在沉寂里，我听见了虚空无数的叹息与悲悯，我相信面对这幅景象，世上没有一个人忍心按下喇叭。

妇人和狗的路上红灯亮了，使她显得更加惊慌，她更着急地想横越马路，但她的着急只能从她的艰难和急切的抖动中看出来，因为不管她多么努力，她的速度也没有增加，从她的脸上也看不出什么，因为她的五官没有一个在正确的位置上，她一着急，口水竟从嘴角涎落了下来。

我们足足等了一个新的红绿灯，直到她跨上对街的红砖道，才有人踩下油门，继续奔赴目的地去。一时之间，众车怒吼，呼啸通过，这巨大的响声，使我想起刚刚那一刻，在和平西路的这一个路口，世界是全然静寂无声的，人心的喧闹在当时当地，被苦难的景象压迫到一个无法动弹的角落。

我刚过那个路口不久，天色就整个暗淡下来，阳光已飘忽到不可知的所在，回到家，我脸上的泪痕还未完全干去。坐在饭桌前面，我一口饭也吃不下，心里全是一个人牵着一条狗从路口一步一步、倾斜颠簸地走过。

这个世界的苦难，总是不时地从我们四周跑出来，我们意识到苦难，却反而感知了自己的渺小、感知了自己的无力，我们心心念念想着，要拯救这个世界的心灵，要使人心和平清静，希望众生都能从苦痛的深渊超拔出来，走向光明与幸福。然而，面对着这样瘦小变形的妇人和她的老弱跛足的狗时，我们能做什么呢？世界能为她做什么呢？

我感觉，在无边的黑暗里，我们只是寻索着一点点光明，如果我们不紧紧踩着光明前进，马上就会被黑暗淹没。我想起《楞严经》里的一段，佛陀问他的弟子阿难："眼盲的人和明眼的人处在黑暗里，有什么不同呢？"

阿难说："没有什么不同。"

佛陀说："不同，眼盲的人在黑暗里什么也看不见，但明眼的人在黑暗里看见了黑暗，他看见光明或黑暗都是看见，他的能见之性并没有减损。"

我看见了，但我什么也不能做，我帮不上一点黑暗的忙，这是我落泪的原因。

夜里，我一点也不能进入定境，好像自己正在扭动颤抖地横过十字街口，心肠澎湃难以静止。我没有再落泪，泪在全身的血脉中奔流。

纯善的心

我每一次去买花，并不会先看花，而是先看卖花的人，因为我认为一个人如果不能把自己打扮得与花相衬，是不应该来卖花的。

唯有像花的人，才有资格卖花。

像花的人指的不是美丽的少女，而是有活力、有风采的人。

所以，每次我看到俗人卖花，一脸的庸俗或势利，就会感到同情，想到我国民间有一种说法，有三种行业是前世修来的福报，就是卖花、卖伞和卖香。那是因为这三种行业是纯善的行业，对众生只有利益，没有伤害，可以一直和人结善缘。

可叹的是，有的人是以痛苦埋怨的心在经营这纯善的行业。

我经常去买花的花店，卖花的是一位中年妇人，永远笑着，很有活力；永远穿着干净而朴素，却很有风采。

当我对她说起民间的说法，赞美她说："老板娘一定是前世修来的福报，才能经营这纯善的行业呀！"

她笑得很灿烂，就像一朵花，不疾不徐地说："其实，只要有纯善的心，和人结善缘，所有的行业都是前世修来的。"

新鲜的桂花茶

邻居的太太为了桂花的事来问我，因为她种在屋顶花园的桂花开了满园，晚风一吹飘落满地，非常可惜。

“我记得林先生在一本书里提过桂花酱的事，桂花酱不知怎么做？”

我于是把自己做桂花酱的秘方告诉她，就是把盛开的桂花采下，在玻璃罐中放满半罐，然后把酸梅的肉剥下，撕成片片，放入桂花罐中，最后以蜂蜜倒满罐子，用蜡密封，十天后就可以食用，而且愈陈愈香。

这做桂花酱的方法，是从前住在木栅兴隆山庄时邻居教我的，当时我家的院子里种了四棵高大的桂花树，秋日桂花盛开时，我就以做酱为乐。

酿好的桂花酱，用处很多，可以涂面包馒头，可以蘸梅、桃、草莓，也可以当菜的佐料。不过，我最喜欢加冰水，坐在院子看远方的山，然后细细地品尝那甜蜜中带点酸楚、芬芳里散放清雅的滋味。我搬离木栅后就没有再做过桂花酱，人远事遥，也失去当年的心情了。

我对邻居太太说："我也很久没有尝到桂花酱了，如果做成，分一点给我。"

十几天以后，邻居太太送我一罐桂花酱，我泡了杯冰水，坐在阳台上，从前木栅院子里的那棵桂花树好像还魂了，香气穿越时空和整个城市而流来了，暗香浮动、惊鸿照影。

邻居太太的桂花酱做得比我的更好，可能是她种的桂花比较肥大而芳香，也可能是女性的手巧心细，或者是我长久没有尝到此味，加倍的喜欢与期待，增加了桂花酱的美味吧！

过几天，邻居太太又来找我，依然问桂花的事。

她说："林先生，我在你的书中看过桂花茶，我把桂花采下，晒干后和茶叶一起泡，怎么完全没有香味呢？"

我说："桂花不能晒干，一晒干香气就飞走了，你要用新鲜的桂花，以三比一的比例放在茶罐里，因为茶叶会吸取桂花的香气，桂花自然会干去，这时泡了就是桂花茶了。"

一边讲，我还一边想在哪一本书里写到了桂花茶，一时还想不起，邻居的太太已称谢而去。

几日后，在楼下的中庭相遇，她开心极了，说:“还是新鲜的桂花才对呀！”

中秋过后不久，邻居太太到我家喝茶，带来一整罐满满的桂花，她说:“这是今年秋天最后一批的桂花了，我采了一个早上，拿来送给林先生。”

我打开罐盖，满座的朋友都为之惊呼，那桂花的香气完全没有隐藏地泄了出来，我们当场就把这中秋最后的桂花，和着今年初春的乌龙泡来喝了。桂花乌龙不只是茶香叶味美而已，还有一种细腻温润。漂浮在壶面的桂花，仿佛还活着，那样晶莹、那样明亮。

虽然我们整个夏天到秋天都在谈着桂花的事，但有比桂花酱更好喝的，那是人的心情；也有比桂花茶更香的，那是人间的情谊。这世间，追逐名利的人很多，但能在身边事物（小如一朵桂花）中找到清欢的人也不少呀！

我想到苏东坡有一首词:“可使食无肉，不可使居无竹；无肉令人瘦，无竹令人俗。人瘦尚可肥，俗士不可医；旁人笑此言，似高还似痴。若对此君仍大嚼，世间哪有扬州鹤？”

苏东坡在这里用了“扬州鹤”的典故，传说从前四个人在一起，谈起自己的心愿。

一个说：我希望做扬州的刺史。

一个说：我希望做腰缠十万贯的富翁。

一个说：我希望骑仙鹤做仙人。

最后一个说：我愿腰缠十万贯，骑鹤下扬州。

因此，“扬州鹤”就被当成是奢望的象征。在生命的选择上，我们在物质方面可以瘦一点，却不要成为俗气的人；我们不必腰缠十万贯，只要衣食无虑、平安康宁就好；我们不必骑鹤下扬州，能饮到厝边亲种的桂花茶，人生就够幸福了。

今年的茶花都采尽了，今年的桂花茶也饮完了，秋日已尽，不必挂怀，我们已在心里埋下桂花的种子。“风波不信菱枝弱，月露谁教桂叶香”，明年的桂花一定会和今年一样香，明年遇到的人一定比今年更好。

戴勋章逛街的人

在街上遇到一个奇特的人，他戴的一顶黑帽子上透了一副国旗，帽檐上都是勋章。

他身穿一套藏青色的中山装，熨烫得非常齐整，他的胸前左右都挂满了勋章。

但他的腿断了一肢，裤管处打了一个结。他撑着支架，一步步走得很慢，我们也可以明确知道他曾是个极有威仪的人，从他的帽子、衣服，一直到只有一只也擦得雪亮的皮鞋，我们都能感受到他的威严。

这曾是一位指挥着大军的将军吧！我心里想着，因为具有如此威猛壮肃的精神者，在街上我们是很少见到的。

靠近一看，他的勋章真是美，绝对不是普通的单薄纪念章，而是厚实的、精致的，如同我们在电影上看见的将军所垂挂的一般，有星星的光泽，掉在地上必然会发出金属一样的响脆的声音。那时候他站在百货公司贩卖宝石的橱窗前面，我正站在橱窗的这端，隔着晶亮的玻璃，正视着他。他的勋章，比橱窗里的宝石更引人注目。

我忍不住脱帽向他致意，他露出和煦的微笑，然后我们在人潮里错身而过，没有任何交谈。回到家里，我心里老是惦起这位戴着勋章逛街的人，他是什么人呢？为什么他要戴着明亮的勋章在人群里行走呢？他的勋章怎么来的？他的腿又是如何失去的？

我找不到任何答案。

隔了一个多月，我又在仁爱路的红砖道上看见他，从背影，我就认出了那在百货公司曾与我见过一面的人，我跟着他的背影走了很长的一段路，直到复兴南路等红灯时，我们才并肩站在一起。

"先生，您好。"我说。

没想到这位胸前仍然挂满勋章的人说："呀！我们在百货公司曾见过一面。"然后他礼貌地伸手与我相握，他的手非常有力而温暖。

"你的勋章真是美！"我说。

他很高兴地笑了，说："难得有人看见我的勋章。"

我们就一边散步，一边谈起一排排勋章的故事。与我想象的非常接近，他果然是身经百战的军人，胸前的每一枚勋章都是在烽火中的奖赏。唯一与我的推测不同的是，他并非将军，只是一位身经百战的老兵，他胸前最后的一枚勋章，是失去他的左腿而获得的。

为什么每天戴满勋章到街上来呢？

他说："这是有点疯狂的行为，不过，像我这样的人，年纪又大了，又断了左腿，一般人对我都不会太礼貌，有一次我试着戴勋章出来，才得到了一些尊重，遭到的白眼比较少了。"他以一种极严肃的口气说："其实，我的左腿才是我最大的勋章，但是一般人总是最轻视它。"

当我们在下一个路口分手的时候，我特别感叹，通常最大的勋章是难被人看见的，何况是没有戴出来的、放在心里的勋章呢？

我虽然从不戴勋章出门，我也没有任何勋章，不过，我总是把每一个人都当成是有勋章的人，如果不能怀抱着敬重的心，不只看不到别人的勋章，自己的勋章也会失去。

即使是最平凡的母亲带着孩子，我也看见母亲的勋章是无尽的爱，而孩子的勋章是毫不矫饰的天真，那时我感觉自己，也可以把那母亲的爱与孩子的天真，佩在我空白的胸前。

天地间最美丽的勋章不是别的，正是对一切都抱着尊重与包容的心情。

卖茶老妇

在淡水高尔夫球场，正下着细雨，没有风，那些被刻意修整平坦的草地，在雨中格外有一种朦胧的美。

我坐在球场的三楼餐厅举目四望，有一种寂寞的感觉包围着我，看着灰色的天空，我深切地感到，年轻时一串最可贵的记忆已经在这雨里濡湿而模糊了。

那是因为刚刚我为了避雨，曾想到淡水龙山寺去喝一壶老人茶，在幽暗的市场里转来转去，走到龙山寺门口，我完全为眼见的景象吓呆了，因为原本空旷的寺中庭院，正中央坐着一座金色的巨佛，屋顶也盖起来了。旧日的龙山寺被一片金的、红的颜色取代，不似往昔斑驳的模样。

我问着寺前的小贩，“龙山寺不卖老人茶了吗？”

小贩微笑着说:“早就不卖了。”

“那位卖茶的老太太呢?”

“因为龙山寺要改建,没有地方卖茶,她被赶走了。”

我坐在寺前的石阶上,几乎不敢相信自己的眼睛和耳朵。龙山寺不卖老人茶了,这对我是一个很大的打击,因为在我的记忆里,龙山寺和老人茶是一体的,还有那位卖茶的独眼老妇。

十几年前,我第一次到淡水龙山寺,就为这座寺庙着迷,并不是它的建筑老旧,也不是它的香火旺盛,而是里面疏疏散散地摆着几张简陋桌椅,卖着略带苦味的廉价乌龙茶,还有一些配茶的小点心,那位老妇人只有一只眼睛,她沉默地冲好了茶,就迈着缓慢的步子走到里面,沉默地坐着。

龙山寺最好的是它有一份闲情,找三五位好友到寺里喝茶是人生的一大享受。坐上一个下午,真可以让人俗虑尽褪,不复记忆人间的苦痛。

最好的是雨大的黄昏,一个人独自在龙山寺,要一壶乌龙茶、一碟瓜子、一小盘绿豆糕,一只脚跨在长条凳上,看着雨水从天而降,轻轻落在庭中的青石地板。四周的屋顶上零散地长着杂草,在雨的洗涤下分外青翠,和苍黑的屋瓦形成有趣的对应。更好的是到黄昏的最后一刻,雨忽然停了,斜斜映进来一抹夕阳，金澄色的，透明而发光的，我遇到许多次这样的景况，心灵就整个清明起来。

我喜欢淡水，十几年来去过无数次，并不只是因为淡水有复杂的历史、有红毛城和牛津学堂、有美丽的夕阳，那些虽美，却不是生活的。我爱的是噗噗开往对岸八里的渡船，是街边卖着好吃的鱼丸小摊，是偶尔在渡口卖螃蟹的人，是在店里找来找去可以买到好看的小陶碗；最重要的是淡水有龙山寺，寺里有一位独眼老妇卖着远近驰名、举世无双的老人茶。

每次到淡水，大部分的时光我都是在龙山寺老人茶桌旁度过的。选一个清静的下午，带一本小书，搭上北淡线的小火车，慢慢地摇到淡水，看一下午的书，再搭黄昏的列车回台北，是我学生时代最喜欢的事。那是金灿灿的少年岁月，颜色和味道如第二泡的乌龙茶，是澄清的，喝在口中有甘香的。

我和卖茶的老妇没有谈过话，她却像我多年的老友一样，常在沉默中会想起她来，可惜我往后不能再与她会面，她的身世对我永远是个谜。

想到龙山寺的改建，驱逐了老妇和她的茶摊，我的心痛是那尊金色巨佛所不能了解的。在细雨中，我一个人毫无目的地在街上走着，回忆龙山寺和我年少时的因缘，以及和我在茶桌边喝过茶论过艺的一些老友，心情和雨一样的迷惘。

不知不觉地就走到淡水高尔夫球场，在餐厅里叫了一杯咖啡，却一口也喝不下去。这是富人的地方，穿着高级名贵运动衣的中年男子，冒雨打完球回来休息，正谈论着一个人一生能一杆进洞的几率有多少。

一位微胖的男子说："我打了十几年的高尔夫，还没有打过一杆进洞。"言下不胜感慨。

我想着，一个人一生能找到一个清洗心灵的地方，像龙山寺的老人茶座，几率有多少？即使能找到相同的地方，年岁也大了，心情也不同了。裤袋夹一本诗集、买一张车票跳上火车的心情恐怕也没有了。

龙山寺改建对我是不幸的，它正象征着一轮金色的太阳往海中坠去，形象的美还清晰如昨，可是夕阳沉落了，天色也暗了。

夜观流星

近读宋朝沈括著的《梦溪笔谈》，有一段谈到他夜见流星的事，非常有趣：

> 治平元年，常州日禺时，天有大声如雷，乃一大星几如月，见于东南；少时而又震一声，移着西南；又一震而坠，在宜兴县民许氏园中。远近皆见，火光赫然照天，许氏藩篱皆为所焚。是时火息，视地中只有一窍如杯大，极深。下视之，星在其中荧荧然。良久渐暗，尚热不可近。又久之，发其窍，深三尺余，乃得一圆石，犹热，其大如拳，一头微锐，色如铁，重亦如之。

沈括学识的渊博早为后世推崇，但我对这一段描述特别感兴趣，并不是像有的学者说他对流星的判断正确早西方天文学家九百年，而是我小时候也有一段看流星陨落的相似经验。

我幼年居住的乡里，没有电视、没有收音机、没有冷气、没有电扇，一到夏天夜晚，就没有人留在屋内，家人全跑到三合院中间的庭院里纳凉；大人坐在藤椅上聊天，或谈着农事，或谈着东邻西里的闲话，小孩子就围坐在地板上倾听，或到处追逐萤火虫。

小时候，家里有一位帮忙农事的老长工，我们都叫他“王豹伯”，他的脑子里装满了民间戏曲里的戏文故事，口才好，姿势优美，颇像妈祖庙前的说书先生。他没有儿女，因此特别疼爱我们，每个夏天夜里，我们都围着听他说故事，一直到夜幕低垂才肯散去。他的身上有一种说不出的魅力，听到精彩的地方，我们甚至舍不得离开去捉跳到身边的大蟋蟀。

有一天王豹伯为我们讲《西游记》，谈到孙悟空如何在天空腾云驾雾飞来飞去，我们都不禁抬头望向万里的长空，就在那个时候，一颗天边的星星划出一条优美的长线，明亮的星一直往我们头上坠落，我们都尖声大叫，王豹伯说：“流星！流星！”然后我们听到轰然一声巨响，流星就落在我们庭院前不远处蕉园旁的河床。

一群孩子全像约好了似的，完全顾不得孙悟空，呼啸着站起往河床奔去，等我们跑到的时候却完全不见流星的影子，在河床搜寻一个晚上毫无所获，才拖着疲倦的身子回家。第二天还特别起早，继续到河床去找，后来找到一颗巨大的黑褐色石头，因为我们日日在河床游戏，几乎可以确定那颗新石头就是昨夜的流星，但是天上的明星落到地上怎么会变成石头呢？这是我们不敢肯定的谜题。

那是我第一次看见流星，在那之前，虽听大人说起过流星，知道天上的每个星星就对应着地上的一个人，只要看见天上的流星陨落就知道地上死去了一个人。可是我常自问，地上时常有人去世，为什么流星是那么的罕见呢？

还有人说，当你看见一颗流星落下的一刻，闭上眼睛专心许愿，你的愿望就可以实现。当时我们还是孩子，心中没有什么大愿，看到奔射如箭的流星，张看之不暇，谁还顾得许愿呢？

后来我还在庭院里看过几次流星，但都远在天外，稍纵即逝，不像第一次的感受那么深刻，心中只是无端的茫然。若是天空中的星星都对应着一个人，那一刻落下的又是谁呢？不管是谁，人世里不是行者就是过客，流星落下不免令人感触殊深。

如果流星是一个人的陨落，那么浩渺的天空就对应着广阔的大地，人的群落就是星的聚散，这样想时，我们的离恨别情便淡泊了许多——光灿的星落到地上只是一个无光的石头，还有什么是永远的光明呢？

我总觉得不管有多少天文学家，不管人类登陆了月球，我们对天空的了解都还是浅薄无知的，重要的不是我们知道了多少天空的事物，而是它给了我们心灵什么样的启示。从很年幼的时候我就爱独自坐着看天空，并借着天空冥想，一直到现在，我出门时第一眼都要看看天色，这或许是看天吃饭的农家子弟本性。然而这种本性也使我在大旱的时候想着渴望雨水的禾苗；在连日豪雨之际思念着农田里还未收割，恐惧着发芽的累累稻穗；在飓风狂吼之时忧心着那些出海捕鱼的渔夫。

天空的冥思可以让我们更关切着生活的大地，这样站在地上仰望天际，就觉得天空和星月离我们不远，也是“星垂平野阔，月涌大江流”的心情。

我最担心的是，在我认识的都市儿童中，大部分失去了对天空的敏感，有的甚至没有好好地看过天色，更不要说是流星了。现在如果我看见流星，我想许的愿望是：“孩子们，抬头看看那一颗马上要失去的流星吧！”

浴着光辉的母亲

在公共汽车上，看见一个母亲不断疼惜呵护弱智的儿子，担心着儿子第一次坐公共汽车会受到惊吓。

“宝宝乖，别怕别怕，坐车车很安全。”——那母亲口中的宝宝，看来已经是十几岁的少年了。

乘客们都用非常崇敬的眼神看着那浴满爱的光辉的母亲。

我想到，如果人人都能用如此崇敬的眼神看自己的母亲就好了，可惜，一般人常常忽略自己的母亲也是那样充满光辉。

那对母子下车的时候，车内一片静默，司机先生也表现了平时少有的耐心，等他们完全下妥当了，才缓缓起步，开走。

乘客们都还向那对母子行注目礼，一直到他们消失于街角。

我们为什么对一个人完全无私地融入爱里会有那样庄严的

静默呢？原因是我们往往难以达到那种完全融入的庄严境界。

完全地融入，是无私的、无我的、无造作的，就好像灯泡的钨丝突然接通，就会点亮而散发光辉。

就以对待孩子来说吧！弱智的孩子在母亲的眼中是那么天真、无邪，那么值得爱怜，我们自己对待正常健康的孩子则是那么严苛，充满了条件，无法全心地爱怜。

但愿，我们看自己孩子的眼神也可以像那位母亲一样，完全无私、融入，有一种庄严之美，充满爱的光辉。

迷路的云

一群云朵自海面那头飞起，缓缓从他头上飘过。他凝神注视，看那些云飞往山的凹口。他感觉着海上风的流向，判断那群云必会穿过凹口，飞向另一海面夕阳悬挂的位置。

于是，像平常一样，他斜躺在维多利亚山的山腰，等待着云的流动；偶尔也侧过头看努力升上山的铁轨缆车，叽叽喳喳地向山顶上开去。每次如此坐看缆车他总是感动着，这是一座多么美丽而有声息的山！沿着山势盖满色泽高雅的别墅，站在高处看，整个香港九龙海岸全入眼底，可以看到海浪翻滚而起的浪花，远远的，那浪花有点像记忆里河岸的蒲公英，随风一四散，就找不到踪迹。

记不得什么时候开始爱这样看云，下班以后，他常信步走到维多利亚山车站买了票，孤单地坐在右侧窗口的最后一个位子，随车升高。缆车道上山势多变，不知道下一刻会有什么样的视野。有时视野平朗了，以为下一站可以看得更远。下一站却被一株大树挡住了，有时又遇到一座数十层高的大厦横挡视线。由于那样多变的趣味，他才觉得自己幽邈地存在，并且感到存在的那种腾空的快感。

他很少坐到山顶，因为不习惯在山顶上那座名叫“太平阁”的大楼里吵闹的人声。通常在山腰就下了车，找一处僻静的所在，能抬眼望山、能放眼看海，还能看云看天空，看他居住了二十年的海岛，和小星星一样罗列在港九周边的小岛。

好天气的日子，可以远望到海边豪华的私人游艇靠岸，在港九渡轮的噗噗声中，仿佛能听到游艇上的人声与笑语。在近处，有时候英国富豪在宽大翠绿的庭院里大宴宾客，红粉与鬓影如一谷蝴蝶在花园中飞舞，黑发的中国仆人端着鸡尾酒、穿黑色西服打黑色蝴蝶领结，忙碌穿梭找人送酒，在满谷有颜色的蝴蝶中，如黑夜的一只蛾，奔波地找着有灯的所在。

如果天阴，风吹得猛，他就抬头专注地看奔跑如海潮的云朵，一任思绪飞奔：云是夕阳与风的翅膀；云是闪着花蜜的白蛱蝶；云是秋天里白茶花的颜色；云是岁月里褪了颜色的衣袖；云是惆怅淡淡的影子；云是愈走愈遥远的橹声；云是……云有时候甚至是天空里写满的朵朵挽歌！

少年时候他就爱看云，那时候他家住在台湾新竹，冬天的风城，风速是很烈的，云比别的地方来得飞快，仿佛是赶着去赴远地的约会。放学的时候。他常捧着书坐在碧色的校园，看云看得痴了。那时他随父亲经过一长串逃难的岁月，惊魂甫定，连看云都会忧心起来，觉得年幼的自己是一朵平和的白云，由于强风的吹袭，竟自与别的云推挤求生，匆匆忙忙地跑着路，却又不知为何要那样奔跑。

更小的时候，他的家乡在杭州，但杭州几乎没有给他留下什么印象，只记得离开的前一天，母亲忙着为父亲缝着衣服的暗袋，以便装进一些金银细软。他坐在旁边，看母亲缝衣，本就沉默的母亲不知为何落了泪，他觉得无聊，就独自跑到院子，呆呆看天空的云，记得那一日的云是黄黄的琥珀色，有些老，也有点冰凉。

是因为云的印象吧！他读完大学便急急想出国，他是家族留下的唯一男子！父亲本来不同意他的远行，后来也同意了，那时留学好像是青年的必经之路。

出国前夕，父亲在灯下对他说：“你出国也好，可以顺便打听你母亲的消息。”然后父子俩红着眼互相对望，一句话也说不出口。

他看到父亲高大微偻的背影转出房门，自己支着双颊，感觉到泪珠滚烫迸出，流到下巴的时候却是凉了，冷冷地落在玻璃桌板上，四散流开。那一刻他才体会到父亲同意他出国的心情，原来还是惦记着留在杭州的母亲。父亲已不止一次忧伤地对他重复，离乡时曾向母亲允诺："我把那边安顿了就来接你。"他仿佛可以看见青年的父亲从船舱中，含泪注视着家乡在窗口里愈小愈远。他想，倚在窗口看浪的父亲，目光定是一朵一朵撞碎的浪花。那离开母亲的心情应是出国前夕与他面对时相同的情绪。

初到美国那几年，他确实想尽办法打听了母亲的消息，但印象并不明晰的故乡如同迷蒙的大海，完全得不到一点回音。他的学校在美国北部，每年冬季冰雪封冻，由于等待母亲的音讯，他觉得天气格外冷冽。他拿到学位的那年夏天，在毕业典礼上看到各地赶来的同学家长，突然想起在新竹的父亲和在杭州的母亲，在晴碧的天空下，同学为他拍照时，险些冷得落下泪来，不知道为什么就绝望了与母亲重逢的念头。

也就在那一年，父亲遽然去世，他千里奔丧竟未能见到父亲的最后一面，只从父亲的遗物里找到一帧母亲年轻时代的相片。那时的母亲长相秀美，挽梳着乌云光泽的发髻，穿一袭几乎及地的旗袍，有一种旧中国的美。他原想把那帧照片放进父亲的坟里，最后还是将它收进自己的行囊，作为对母亲的一种纪念。

他寻找母亲的念头，因那帧相片又复活了。

美国经济不景气的那几年，他像一朵流浪的云一再被风追赶着转换工作，并且经过了一次失败而苍凉的婚姻，母亲的黑白旧照便成为他生命里唯一的慰藉。他的美国妻子离开他时说："你从小没有母亲，根本不知道怎么和女人相处；你们这一代的中国人，一直过着荒谬的生活，根本不知道怎样去过一个人最基本的生活。"这句话常随着母亲的照片在黑夜的孤单里鞭笞着他。

他决定来香港，实在是一个偶然的选择，公司在香港正好有缺，加上他对寻找母亲还有着梦一样的向往，最重要的原因是：如果他也算是有故乡的人，那么在香港，两个故乡就离他都很近了。

"文革"以后，通过朋友寻找，联络到他老家的亲戚，才知道母亲早在五年前就去世了。朋友带出来的母亲遗物里，有一帧他从未见过的、父亲青年时代着黑色西装的照片。考究的西装、自信的笑容，与他后来记忆中的父亲有着相当遥远的距离，那帧父亲的照影，和他像一个人的两个影子，是那般相似。父亲曾经有过那样飞扬的姿容，是他从未料到的。

他看着父亲青年时代有神采的照片，犹如隔着迷蒙的毛玻璃，看着自己被翻版的脸，他不仅影印了父亲的形貌，也继承了父亲一生在岁月之舟里流浪的悲哀。那种悲哀，拍照时犹是青年的父亲是料不到的，也是他在中年以前还不能感受到的。

他决定到母亲的坟前祭拜。

火车愈近杭州，他愈是有一种逃开的冲动，因为他不知道在母亲的坟前，自己是不是承受得住。看着窗外飞去的景物，是那样的陌生，灰色的人群也是影子一样，看不真切。下了杭州车站，月台上因随地吐痰而凝结成的斑痕，使他几乎找不到落脚的地方。这就是日夜梦着的自己的故乡吗？他靠在月台的柱子上冷得发抖，而那时正是杭州燠热的夏天正午。

他最终没有找到母亲的坟墓，因为“文革”时大多数人都是草草落葬，连个墓碑都没有，他只有跪在最可能埋葬母亲的坟地附近，再也按捺不住，仰天哭号起来，深深地感觉到作为人的无所归依的寂寞与凄凉，想到妻子丢下他时所说的话，这一代的中国人，不但没有机会过一个人最基本的生活，甚至连墓碑上的一个名字都找不到。

他没有立即离开故乡，甚至还依照旅游指南，去了西湖，去了岳王庙，去了灵隐寺、六和塔和雁荡山。那些在他记忆里不曾存在的地方，他却肯定在他年小的最初，父母亲曾牵手带他走过。

印象最深的是他到飞来峰看石刻，有一尊肥胖的笑得十分开心的弥勒佛，是刻于后周广顺年间的佛像，斜躺在巨大的石壁里，挺着肚皮笑了一千多年。那里有一副对联，“泉自冷时冷起，峰从飞处飞来”，传说“飞来峰”原是天竺灵鹫山的小岭，不知何时从印度飞来杭州。他面对笑着的弥勒佛，痛苦地想起了父母亲的后半生。一座山峰都可以飞来飞去，人的漂泊就格外渺小起来。在那尊佛像前，他独自坐了一个下午，直到看不见天上的白云，斜阳在峰背隐去，才起身下山，在山阶间重重地跌了一跤，那一跤这些年都在他的腰间隐隐作痛，每想到一家人的离散沉埋，腰痛就从那跌落的一处迅速窜满他的全身。

香港平和的生活并没有使他的伤痕在时间里平息，他有时含泪听九龙开往广州最后一班火车的声音，有时鼻酸地想起他成长起来的新竹、两个故乡，使他知道香港是个无根之地，和他的身世一样找不到落脚的地方。他每天在地下电车里看着拥挤着涌向出口奔走的行人，好像自己就埋在五百万的人潮中，流着流着流着，不知道要流往何处——那个感觉还是看云，天空是潭，云是无向的舟，应风而动，有的朝左流动，有的向右奔跑，有的则在原来的地方画着圆弧。

即使坐在港九渡轮，他也习惯站在船头，吹着海面上的冷风，因为那平稳的渡轮上如果不保持清醒，也会成为一座不能确定的浮舟，明明港九是这么近的距离，但父亲携他离乡时不也是坐着轮船的吗？港九的人已习惯了从这个渡口到那个渡口，但他经过乱离，总隐隐有一种恐惧，怕那渡轮突然在一个不知名的地方靠岸。

“香港仔”也是他爱去的地方，那里疲惫生活着的人使他感受到无比的真实，一长列重叠靠岸的白帆船，也总不知要航往何处。有一回，他坐着海洋公园的空中缆车，俯望海面远处的白帆船，白帆张扬如翅，竟使他有一种悲哀的幻觉，港九正像一艘靠在岸上、可以乘坐五百万人的帆船，随时要启航，而航向未定。

海洋公园里有几只表演的海豚是台湾澎湖来的，每次他坐在高高的看台欣赏海豚表演，就回到他年轻时代在澎湖服役的情形。他驻防的海边，时常有大量的海豚游过，一直是渔民财富的来源，他第一次从营房休假外出到海边散步，就遇到海岸上一长列横躺的海豚，那时潮水刚退，海豚尚未死亡，背后脖颈上的气孔一张一闭，吞吐着生命最后的泡沫。

他感到海豚无比的美丽，它们有着光滑晶莹的皮肤，背部是蔚蓝色，像无风时的海洋；腹部几近纯白，如同海上溅起的浪花；有的怀了孕的海豚，腹部是晚霞一般含着粉红琥珀的颜色。

渔民告诉他，海豚是胆小聪明善良的动物，渔民用锣鼓在海上围打，追赶它们进入预置好的海湾，等到潮水退出海湾，它们便曝晒在滩上，等待着死亡。有那运气好的海豚，被外国海洋公园挑选去训练表演，大部分的海豚则在海边喘气，然后被宰割，贱价卖去市场。

他听完渔民的话，看着海边一百多条美丽的海豚，默默做着生命最后的呼吸，他忍不住蹲在海滩上将脸埋进双手，感觉到自己的泪，濡湿了绿色的军服，也落到海豚等待死亡的岸上。不只为海豚而哭，想到他正是海豚晚霞一般腹里的生命，一生出来就已经注定了开始的命运。

这些年来，父母相继过世，妻子离他远去，他不止一次想到死亡，而最后救他的不是别的，正是他当军官时蹲在海边看海豚的那一幕，让他觉得活着虽然艰难，到底是可珍惜的。他逐渐体会到母亲目送他们离乡前夕的心情，在中国人的心灵深处，别离地活着甚至还胜过团聚地等待死亡的噩运。那些聪明有着思想的海豚何尝不是这样，希望自己的后代回到广阔的海洋呢?

他坐在海洋公园的看台上，每回都想起在海岸喘气的海豚，几乎看不见表演，几次都是海豚高高跃起时，被众人的掌声惊醒，身上全是冷汗。看台上笑着的香港人所看的是那些外国公园挑剩的海豚，那些空运走了的，则好像在小小的海水表演池里接受着求生的训练，逐渐忘记那些在海岸喘息的同类，也逐渐失去它们曾经拥有的广大的海洋。

澎湖的云是他见过的最美的云，在高高的晴空上，不像别的地方松散飘浮，每一朵都紧紧凝结如一个握紧的拳头，而且它们几近纯白，没有一丝杂质。

香港的云也是美的，但美在松散零乱，没有一个重心，它们像海洋公园的海豚，因长期豢养而肥胖了。也许是海风的关系，香港云朵飞行的方向也不确定，常常右边的云横着来，而左边的云却直着走了。

毕竟他还是躺在维多利亚山看云，刚才他所注视的那一群云朵，正在通过山的凹处，一朵一朵有秩序地飞进去，不知道为什么跟在最后的一朵竟离开云群有些远了，等到所有的云都通过山凹，那一朵却完全偏开了航向，往岔路绕着山头，也许是黄昏海面起风的关系吧，那云愈离愈远向不知名的所在奔去。

这是他看云极少有的现象，那最后的一朵云为何独独不肯顺着前云飞行的方向，它是在抗争什么的吧！或者它根本就仅仅是迷路的一朵云！顺风的云像是写好的一首流浪的歌曲，而迷路的那朵就像滑得太高或落得太低的一个音符，把整首稳定优美的旋律，带进一种深深的孤独的错误里。

夜色逐渐涌起，如茧一般地包围着那朵云，慢慢地，慢慢地，将云的白吞噬了，直到完全看不见了。他忧郁地觉得自己正是那朵云，因为迷路，连最后的抗争都被淹没。

坐铁轨缆车下山时，港九遥远辉煌的灯火已经亮起，在向他招手，由于车速，冷风从窗外掼着他的脸，他一抬头，看见一轮苍白的月亮，剪贴在墨黑的天空，在风里是那样的不真实，回过头，在最后一排靠右的车窗玻璃，他看见自己冰凉的流泪的侧影。

玫瑰往事

11 岁的时候，他喜欢上教他国文的女老师，老师 25 岁，有一对黑眼珠和深深的酒窝。

那时他的父亲种了一亩玫瑰，他每天偷剪一朵父亲的玫瑰，起得绝早，在暝色中将玫瑰放在老师讲台的抽屉，然后回家睡觉，再假装没事人一样到学校上课。

老师对每天的一朵玫瑰调查了好几次，但从来不知道是谁放的。他也不敢承认，只要看到老师每天拿起玫瑰时那带着酒窝的微笑，他就一天都很快乐，甚至唱着小调回家。他在老师抽屉放玫瑰花足足放了两年，直到他从乡下的小学毕业。

二十年后，他的老师还在乡下教书，有一回在街上遇到，老师的头发白了，酒窝还在。他很想说出二十年前那一段属于玫瑰的往事，但终于没有说出口。

让玫瑰有它自己的生命吧！那样已经够了，他想。

金急雨是一种花的名字，花谢时像乱雨纷飞。他常站在她家巷口前的金急雨花下，看着落了一地的金黄色花瓣。有时风起，干落的花瓣就四散飞去，但不改金黄的颜色，仿佛满天飞起的黄蛱蝶。

有四年的时间，他几乎天天在花下等她，然后一起走过长长的红砖道路。

他们分开的那一夜是在金急雨花的树下，他看她的背影沉默地消失在黑夜的巷子，心中一片茫然，如同电影放映时的片断，往事一幕幕地从黑巷里放映出来，他一滴泪也没有落，竟感觉那夜的天星比平常更明亮。

他捧起一把落地的金急雨，让它们从手指间静静地滑落，那时他真切地体会到，如果金急雨不落下，明年就没有新的芽，也不会开出新的花。萎落的花并非死亡，而是一种成长、一种等待，等待下一个季节。

相识的时候是花结成蕾，相爱的时候是繁花盛开，离别之际是花朵落在微风抖颤的黑夜。为了体会到这种惊奇的成长，他竟落下泪来。

所有的人都喜欢丈量爱情，而且量的单位用厚、薄、深、浅，常常用深厚来与浅薄相对照，每个人都痴迷地执着自己爱情的深厚。我独独喜爱以“重”为单位丈量。因为只有重，才会稳然地立着；也只有重，才能全然表现出情爱除了享乐还有负荷的责任。爱情只有在重量里，才可以象征精神的和物质的质量。

真正的爱情的可贵不在于突破、创造，能够平静地相守才是真正的可贵。因为“守静”不只是爱情，也是生命的最高情操。那样的感觉像是：航过千辛万难、惊涛骇浪而渐渐驶进一个安全的港湾，纵任有万劫不复的情爱，终也会倦于漂泊流浪吧。

昔年樱花在

每年春天，阳明山樱花盛开的时节，我会几度上山赏樱。

每一次，我总会绕到平等里，去看一棵无法正确标示所在的樱花，那棵樱花并不是特别美，也不是特别高大，而是我童年时代第一次上阳明山，曾在那棵樱花树前拍照。

四十年，就这样流过去了！

当我每一次到那棵樱花树前，有一些心情、一些记忆就仿佛还魂似的，魂魄一朵朵地飘到树上，凝结成鲜艳的红。

是10岁时的一个春日，堂哥带我上阳明山，他说："假日的大道车多，我们走小路上去！"当时，平等里的道路尚未畅通，我们沿石阶步行，穿过相思林与芒草，跨过月桃花与台风草，终于看见一株小小的盛开的樱花。

堂哥说:“这是你看到的第一棵樱花，拍张照吧！”

我站在那樱树边，表情肃穆地拍了一张照片。

那不只是我与樱花的第一张合照，也是我第一次看见樱花。

樱花使我惊艳，它的花色鲜明繁茂，却有着粗黑苍劲的树枝，那花与枝仿佛不是一体，而是许许多多粉红色的蝴蝶停在枯枝上，等待起风，蝴蝶就会哗然飞起！

对一个乡下孩子来说，樱花不只是花，而是一个春天的感觉、一个美的化身。

春天的感觉，使人在霜雪侵凌的日子，保持着希望。

美的化身，使人在尘俗淹没的生活，保有着光芒。

不知道为什么，那一棵樱花树就从山边移植到了我的心上。堂哥已经逝世多年，照片也不知去处，樱花却还在开着，似乎永远开着。

我不知道一棵樱花树可以活多久，每一次转过去看到那樱花，总使我欣喜不已。昔年的樱花还在开着，而且愈开愈美，一年比一年繁茂。这棵樱花对我，有着特别的意义。从那时起，我特别期待春天，而我的心里总有春天；从那时起，我与美好的世界相认，希望自己能一直迈向美的人生。

当然了，世界不是永远有春天，也有天寒地冻；人生也不是一向美好，也有陋败蒙尘。每次上山，山上的樱花总是呼唤着：“昔年樱花在，如今更繁华！”那呼唤使我穿过暗巷和幽谷，使我跨过黑暗与冷寂，像是回到十几岁的无忧岁月，与樱花相扶合影。

每个人的心里都需要一个人、一棵树、一片草原、一间木屋、一个故乡，也许不必真实存在，却是一个不变的碑石。在每回想起，每次相遇，有一点光、一点温暖、一点希望。

我很高兴，我的那棵树是繁美的樱花！

我很高兴，昔年的樱花还在！我每年都去朝拜！

第七辑　来自心海的消息

分别心与平等智

番薯的见解

朋友告诉我一个真实故事，说他的两个孩子太好命了，这也不吃，那也不吃，每到吃饭时间就成为了父母的头痛时间。

出生在台湾光复初期的朋友，每到用餐时间就不免唠叨，说："我们小时候哪有这么好命，连饭都没得吃，三餐都吃番薯配菜脯，你们现在有这么多菜还不吃，真是有够'酷刑'。"

由于唠叨的次数多了，小孩子都不爱听，有一天，他又在继续"念经"，大儿子就问说："爸爸，番薯真的那么难吃吗？我甘愿吃番薯，也不吃这些大鱼大肉。"

小女儿也说话了，“我甘愿吃菜脯！”

爸爸生气了，第二天真的跑去市场，找了半天才找到烤番薯，又买了一些萝卜干，晚餐就吃番薯配菜脯。

两个孩子吃了吓了一跳，没想到爸爸口里“呷番薯配菜脯”是恐怖事件，他们吃起来却那么的好吃，两人商议半天，一起来向爸爸说：“爸爸，番薯真好吃，我们以后可不可以每天吃番薯配菜脯？”

番薯本身是没有好坏的，由于个人经验的不同，个人观点的差异而生起差别。

就在不久之前，我到阳明山的日月农庄去，看到有人卖烤番薯，每十五分钟才能开缸一次，每次一开缸，番薯立刻卖完，我带着孩子排四十五分钟才买到，一斤五十元，说起来真是难以置信。为什么要排队排那么久呢？因为有许多孩子什么山珍海味都不吃，只吵着要吃烤番薯。

“哇！这番薯有够香有够好呷！”这样的赞叹此起彼落。

不准礼佛

星云法师在大陆当学僧的时候，发现在大陆的佛学院里，训导处每遇到学生犯错，就处罚他们去拜佛忏悔，譬如说“罚你拜佛一百零八拜”。

或者处罚学生跪香，在别的学生都睡觉时不准睡，要在佛前跪几炷香，悔过完了才可以就寝。

久了之后，学僧对拜佛和跪香都视为畏途，星云法师的感触很深：拜佛与跪香是何等庄严欢喜的事，怎可用来处罚学生呢？

后来，他在佛光山办丛林学院，有犯错的学生，就规定他们不准做早晚课、不准拜佛，每次别的学生在做早晚课或拜佛时，罚他们站在大殿外看，就是不准拜佛。被罚的学生心里着急得不得了，虽然身不能拜，但心也就跟着拜了。

犯错比较轻微的，就处罚他们提早就寝，躺在床上不可起床。学生们在床上翻来覆去睡不着，想到别人都在用功办道，心里就忏悔得不得了。

一旦不准拜佛的学生解禁，准予拜佛了，往往热爱拜佛，拜得涕泪交零。

一旦不准跪香，只等睡觉的学生解禁，往往在佛菩萨面前流泪忏悔，再也不敢贪睡贪玩了。

当星云法师的弟子告诉我这个故事时，我非常感动，这也就是为什么“星云法师”变成“星云大师”的原因了。大师的诞生，原非偶然。

无相大师

从前有一位无相大师，收了两位弟子，一位敏慧，一位愚鲁。

无相大师平常教化弟子说:“修行人最重要的就是宁做傻瓜。”

两位弟子都谨记在心。

有一天，下大雨，寺庙的大殿好几处落雨，无相大师呼唤弟子说:“下大雨了，快拿东西来接雨。”

敏慧的弟子提着一个小桶冲出来，师父看了很生气，“下这么大的雨，你提这么小的桶怎么接？真是傻瓜！”弟子听了很不高兴，桶子一放，就跑了。

愚鲁的弟子匆忙间找不到桶子，随手取了一个竹篓冲出来，师父看了又好气又好笑，就笑着说:“你真是天下第一号大傻瓜，有漏洞的竹篓怎么能接雨呢？”

弟子看到无相大师笑得那么开心，又想到师父平常的教化:“修行人最重要的就是宁做傻瓜！”现在师父说我是“天下第一号大傻瓜”，不是最大的赞美吗？一时心开意解，悟到应以无漏心来接天下的法雨，立即证入平等性智，就开悟了。

黑夜的月亮与星星

在人生里也是这样，要有无漏的心，要有平等的心，那些被欲望纠葛、追名逐利、藐视众生之辈，或者看我是傻瓜，但无所谓，因为“愚人笑我，智乃知焉”！

半杯水，可以看成是半空而惋惜，也可以看成半满，而感到无比的庆幸！

天下没有最好吃的食物，饥饿的时候，什么食物都好吃；天下也没有最好的处境，好心情的时候，日日是好日，处处开莲花！

天下没有最能开启觉悟的情与境，有清净心，平等看待生命的每一步，打破分别的执着，那就是觉悟最好的情境！

在不能进的时候，何妨退一步看看。

在被阻碍的路上，何妨换一条路走走。

在被苦厄围困时，何妨转个心境体会体会。

天下没有永远的黑夜呀！黎明必在黑夜之后，那时就会气清景明、繁花盛开了。

人生的黑夜也没有什么不好，愈是黑暗的晚上，月亮与星星就愈是美丽了。如果不是雪山的漫漫长夜，佛陀怎么会看见天边明亮的晨星呢!

月到天心

二十多年前的乡下没有路灯，夜里穿过田野要回到家里，差不多是摸黑的，平常时日，都是借着微明的天光，摸索着回家。

偶尔有星星，就亮了很多，感觉到心里也有星星的光明。

如果是有月亮的时候，心里就整个沉定下来，丝毫没有了黑夜的恐惧。在台湾南部，尤其是夏夜，月亮的光格外有辉煌的光明，能使整条山路都清清楚楚地延展出来。

乡下的月光是很难形容的，它不像太阳的投影是从外面来，它的光明犹如从草树、从街路、从花叶，乃至从屋檐、墙垣内部微微地渗出，有时会误以为万事万物的本身有着自在的光明。假如夜深有雾，到处都弥漫着清气，当萤火虫成群飞过，仿佛是月光所掉落出来的精灵。

每一种月光下的事物都有了光明，真是好！

更好的是，在月光底下，我们也觉得自己心里有着月亮，有着光明，那光明虽不如阳光温暖，却是清凉的，从头顶的头发到脚尖的趾甲都能感受到月的清凉。

走一段路，抬起头来，月亮总是跟着我们、照着我们。在童年的岁月里，我们心目中的月亮有一种亲切的生命，就如同有人提灯为我们引路一样。我们在路上，月在路上；我们在山顶，月在山顶；我们在江边，月在江中；我们回到家里，月正好在家屋门前。

直至如今，童年看月的景象，以及月光下的乡村都还历历如绘。但对于月之随人却带着一些迷思，月亮永远跟随我们，到底是错觉还是真实的呢？可以说它既是错觉，也是真实。由于我们知道月亮只有一个，人人却都认为月亮跟随自己，这是错觉；但当月亮伴随我们时，我们感觉到月是唯一的，只为我照耀，这是真实。

长大以后才知道，真正的事实是，每一个人心中都有一片月，它是独一无二、光明湛然的，当月亮照耀我们时，它反映着月光，感觉天上的月也是心中的月。在这个世界上，每个人心里都有月亮埋藏，只是自己不知罢了。只有极少数的人，在最黑暗的时刻，仍然放散月的光明，那是知觉到自己就是月亮的人。

这就是为什么禅宗把直指人心称为“指月”的原因，指着天上的月叫人看，见了月就应忘指；教化人心里都有月的光明，光明显现时就应舍弃教化。无非是标明了人心之月与天边之月是相应的、含容的，所以才说“千江有水千江月，万里无云万里天”，即使江水千条，条条里都有一轮明月。从前读过许多诵月的诗，有一些颇能说出“心中之月”的境界，例如王阳明的《蔽月山房》：

山近月远觉月小，便道此山大于月；
若人有眼大如天，当见山高月更阔。

确实，如果我们能把心眼放开到天一样大，月不就在其中吗？只是一般人心眼小，看起来山就大于月亮了。

还有一首是宋朝理学家邵雍写的《清夜吟》：

月到天心处，风来水面时；
一般清意味，料得少人知。

月到天心，风来水面，都有着清凉明净的意味，只有微细的心情才能体会，一般人是不能知道的。

我们看月，如果只看到天上之月，没有见到心灵之月，则月亮只是极短暂的偶遇，哪里谈得上什么永恒之美呢？

所以回到自己，让自己光明吧！

生活处处都有回香树

朋友来接我到基隆演讲，由于演讲时间定在下午一点，我们都来不及吃饭。“我们到极乐寺吃饭吧！寺庙的饭菜最好吃、最卫生，师父也最亲切。”朋友说。

我说：“这样不好意思吧。”

朋友说：“不会，不会。我在极乐寺做义工很多年了，与师父们很熟，只要寺里的师父有事叫我，我都义不容辞，偶尔去叨扰一顿斋饭，不要紧的。何况帮我们开车的师兄也是寺里的长期义工呢！”

于是，朋友用行动电话通知寺里的知客师父：我们一共有三人，大约二十分钟到极乐寺，请师父准备素斋一席。

等我们到极乐寺，热腾腾七道菜的素斋已经准备好了，我们没什么客套，坐下就吃。

佛光山派下寺院的素菜好吃是远近驰名的，那是因为星云大师对素菜很内行，加上典座师父个个巧手慧心的缘故。但是今天有一道菜还是令我大感意外，就是师父炒了一大盘的茴香。

茴香是我在南部家乡常吃的青菜，在我们乡下称之为“客家人的芫荽”，因为客家人喜以茴香做菜之故。自从到台北就再也没吃过茴香了，如今见到茴香的样子，闻到茴香的气味，竟有说不出的感动。

一般人都知道茴香的种子可以做香料、做卤味，却很少人知道茴香的叶子可以做菜，是人间至极的美味。茴香是多年生草本植物，可以长到与人等高，它的叶片巨大，散开成丝状，就仿佛是空中爆开的烟火。

茴香从根、茎、叶、花到种子都有浓烈的香气，食用的时候采其嫩叶，或炒成青菜，或做汤的香菜，或沾面粉油炸成饼，都会令人吃过即永不能忘。

在寺庙吃饭，不事交谈，因此我独自细细品味茴香的滋味，好像回到了童年。每当母亲炒茴香的时候，茴香的香气就会从灶间飘过厅堂、飞过庭院、飞进我们写字的北边厢房。

童年的时光不再，茴香的气息也逐渐淡了，万万想不到在极乐寺偶然的午斋，还能吃到淡忘的童年之味。我曾经走入盛开着小黄花的茴香田里，对着那漫天飞舞的黄花绿叶深深地呼吸，妄图把茴香的香气储存在胸臆。此刻，那储藏的香气整片被唤醒了。

生活不也是如此吗？我们所经验过的美好事物，其实都是永不失去的，只是被卷存典藏着，一旦打开了，就会在记忆中回香，从遥远不可知的角落飘回来。

我们生命里，早就种了许多“回香树”，等待因缘的摘取吧。

我们没什么客套，吃完对师父合十致谢，就走了。

知客师父送我们到前廊，合掌道别说：“以后有什么需要，尽管到寺里来。”

在奔赴演讲场地的路上，我的心里有被熨平的感觉，不只是寺里的茴香菜产生的作用，那样清澈的人与人之间的情谊更使我动容。

其实，处处都有回香树。

荷花之心

偶尔会到植物园看荷花，如果是白天，赏荷的人总是把荷花池围得非常拥挤，深怕荷花立即就要谢去。

还有一些人到荷花池畔来写生，有的用画笔，有的用相机，希望能找到自己心目中最美丽的一角，留下一个不会磨灭的影像，在荷花谢去之后，能回忆池畔夏日。

有一次遇见一群摄影协会的摄影爱好者，到了荷花池畔，训话一番，就地解散，然后我看见胸前都背着几部相机的摄影爱好者，如着魔一般地对准池中的荷花猛按快门，有时还会传来一声吆喝，原来有一位摄影者发现一个好的角度，呼唤同伴来观看。霎时，十几位摄影的人全集中在那个角度，大雷雨一样地按下快门。

约莫半小时的时间，领队吹了一声哨子，摄影者才纷纷收起相机集合，每个人都对刚才的荷花摄影感到十分满意，脸上挂着微笑，移师到他们的下一站，再用镜头去侵蚀风景。

这时我吃惊地发现，池中的荷花如同经历一场噩梦，从噩梦中活转过来。就在刚才摄影者吵闹俗恶的摄影之时，荷花垂头低眉沉默不语地抗议，但当摄影者离开后，荷花抬起头来，互相对话——谁说植物是无知无感的呢？如果我们能以微细的心去体会，就会知道植物的欢喜或忧伤。

真是这样的，白天人多的时候，我感到荷花的生命之美受到了抑制，躁乱的人声使它们沉默了。一到夜晚，尤其是深夜，大部分人都走光，只留下三两对情侣，这时独自静静地坐在荷花池畔，就能听见众荷从沉寂的夜中喧哗起来，使一个无人的荷花池，比有人的荷花池还要热闹。

尤其是几处开着睡莲的地方，白日舒放的花颜，因为游客的吵闹累着了，纷纷闭上眼睛，轻轻睡去。睡着的睡莲比未睡的仿佛还要安静，包含着一些没有人理解的寂寞。

在睡莲池边、在荷花池畔，不论白日黑夜都有情侣在谈心，他们是以赏荷为名来互相欣赏对方心里的荷花开放。有时我看见了，情侣自己的心里就开着一个荷花池，在温柔时沉静、在激情时喧哗，始知道，荷花是开在池中，也开在心里。如果看见情侣在池畔争吵，就让人感觉他们的荷花已经开到秋天，即将留得残荷听雨声了。

夏天荷花盛开时，是美的。荷花未开时，何尝不美呢？因为所有的荷叶还带着稚嫩的青春。秋季的荷花，在落雨的风中，回忆自己一季的辉煌，也有沉静的美。到冬天的时候已经没有荷花，还看不看得见美呢？当然！冬天的冷肃让我们有期待的心，期待使我们处在空茫中又能见到未来之美。

一切都是美的，多好！

最真实的是，不管如何开谢，我们总知道开谢的是同一池荷。

看荷花开谢，看荷畔的人，我总会想起禅宗的一则公案。有一位禅者来问智门禅师，“莲花未出水时如何？”

智门说：“莲花。”

禅者又问：“出水后如何？”

智门说：“荷叶。”

如果找到荷花真实的心，荷花开不开又有什么要紧？我们找到自己心中的那一池荷花，比会欣赏外面的荷花重要得多。

在无风的午后，在落霞的黄昏，在云深不知处，在树密波澄的林间，乃至在十字街头的破布鞋里，我们都可以找到荷花的心。同样的，如果我们无知，即使终日赏荷，也会失去荷花之心。

这就是当我们能反观到明净的自性，就能“竹密无妨水过，山高不碍云飞”，就能在山高的林间，听微风吹动幽微的松树，远听，近闻，都是那样的好！

一株仙人掌的力量

大地震的时候，一盏美丽的西班牙石头灯掉落，砸中餐桌上一个日本鸣海的高级花盆，盆里种的仙人掌被压扁，掌浆四溢。意大利的大理石餐桌，也缺了一个洞。

看着那一片狼藉，我难过不已。

我把压扁的仙人掌换了陶盆，随意放置在阳台，清理了石头灯、骨瓷盆的残骸。这些我曾心爱的、价值不菲的东西，一旦破碎，就一文不值了。

丢弃的时候，我想到，为什么明清的瓷器在拍卖场上可以有千万之价？是因为要把一个瓷盆放数百年而无一丝裂纹，实在是太艰难了。

两个月之后，我惊奇地发现，那随意弃置的仙人掌，全身碎裂的部分已经黏合，形状就像一个台湾。更奇妙的是，从台湾头到台湾尾，在边边上，长出了七株翠绿的仙人掌，比原来被击碎的一柱擎天的仙人掌更美，简直是美极了。

我蹲下来，仔细地观赏那一盆充满生命力的仙人掌，为生命的奇妙而忍不住发出咏叹。人不是瓷器，而是仙人掌。瓷器一破永破，仙人掌则在碎片中也能重生，因为仙人掌是有机的、有生命力的、永远在生长的。

我们不能以过去的破碎作为借口，困在破碎之中。过去即使再破碎，也永远是过去了。

我们也不能以过去的痛苦作为推托，束缚于痛苦。生命的着力点并不在过去，而是此时此地此人。

人是有机的，有改变的可能，当我们重新组合自己，就会有新的创造。我们已经恶整自己好几年了，使我们的身心都濒临破碎，何不试试新的生长，看看是不是能生出新的枝芽。

人是有机的，有生长的可能，只要能保有希望，就能点燃宇宙的希望之火。最凶险的疾病，都有人康复。一旦想法改变了，有了正向的思维和信念，就会有正向的选择与未来。

我把仙人掌移回餐桌，放在那大理石缺口之上，一切都变得那么完美、充满了生机。

时到时担当

在我的家乡有一句大家常用的俗语:“时到时担当，没米就煮番薯汤。”这是一句乐观的、顺其自然的话，大约相当于“船到桥头自然直”，或是“兵来将挡，水来土掩”。

由于在家乡的时候听惯大人讲这句话，所以就深深印在脑海，在我离开家乡以后，每次遇到有阻碍或困厄时，这句话就悄悄爬出来。对了，时到时担当，没米就煮番薯汤，有什么大不了。这样想起来，心就安定下来，反而能自然地度过阻难与困厄。

幼年时代，我常听父亲说这一句话，有一回就忍不住问父亲，“没米就煮番薯汤，如果连番薯也没有了，怎么办？”

父亲习惯地拍拍我的后脑勺，大笑起来，“憨仔！人讲天无绝人之路，年头不可能坏到连番薯都长不出来呀！”

确实也是如此。我们在农田长大的孩子虽然经历过许多的风灾、水灾、旱灾，甚至大规模的虫害，可番薯大概是永远不受害的作物，只要种下去，没有不收成的。因此，在我们乡下的种田人，都会留出一小块地种番薯，平时摘叶子做青菜，收成时就把番薯堆在家里的眠床下，以备不时之需。在我成长的年月，我的床下一年四季都堆满番薯，每天妈妈生火做饭时抓两个丢进炉灶底的火灰里，饭熟了，热腾腾香喷喷的焖番薯也好了。

即使是中日战争最激烈、逃空袭的那几年，番薯也没有一年歉收。

在我从前的经验里，年头真如父亲所言，不可能坏到连番薯都长不出来。推衍出来，我们知道生活里有很多的挫败，只要能挺着，天就没有绝人之路。

后来我更知道了，像“时到时担当，没米就煮番薯汤”，心里的慰安比实际的生活来得重要。只要在困难里可以坦然地活下去，就没有走不通的路，因此如何使自己的心宽广乐观地应对生活，比汲汲营营地想过好日子来得重要，归根究底不是米或番薯的问题，而是心的态度罢了。

“时到时担当”不仅是台湾农民在生活中提炼的智慧，也是非常吻合禅宗“当下即是”“直下承担”的精神。此时此刻可以担当，就不必忧心往后的问题，因为彼时彼刻，我们也是如此承担。假如现在不能承担，对将来的忧心也都会无用而落空了。

禅的精神与生活实践的精神非常接近，是一种落实无伪的生活观。我们乡下还有一句俗话：“要做牛，免惊无犁可拖。”译成普通话的意思，是一个人只要肯吃苦，绝不怕没有工作，不怕不能生活。这往往是长辈用来安慰鼓励找不到工作的青年，肯把自己先放在最能承担的位置，那么还有什么可惊呢？

这句话也是令人动容的。牛马在乡下，永远是最艰苦承担的象征，不过，那最重的犁也只有牛马才能拖动。学佛者也是如此，只怕自己不能承担，何惧于无众生可度呢！这样想，就更能体会“欲为诸佛龙象，先做众生马”的深意了。

我们不能离开世间又想求得出离世间的智慧，因为“佛法在世间，不离世间觉，离世觅菩提，犹如求兔角”，我们要求最高的境界，只有从自己的生活、自己的周遭来承担来觉悟才有可能。

佛法中有“当位即妙”“当相即道”的说法。所谓“当位即妙”，是不论何事，其位皆妙，就像良医所观，毒有毒之妙，药有药之妙。所谓“当相即道”，是说世间浅近的事相，都有深妙的道理。——世间凡事都有密意，即事而真，就看我们有没有智慧了。

“时到时担当，没米就煮番薯汤。”也应该作如是观，真到没有米必须吃番薯汤的时候，是不是也能无怨，品出番薯也有番薯的芳香，那才是真正的承担。

无事最可贵

朋友来喝茶聊天，问我说：“你觉得什么样的生活最好？”

我说：“无事最可贵。”

朋友不明其意，说：“既然无事最可贵，又何必忙着写文章、读书、讲演呢？”

这倒使我沉吟了，无事并不是不做事、不生活，而是做事与生活都没有牵挂，也没有变生肘腋、措手不及的事情发生。

我把茶倒满，闻到今年春茶的香气，深呼吸，让茶香清洗我的胸腔，我说：“能这样无事喝一杯茶，真是人生里幸福的事呀！”

朋友终于懂了，微笑着喝茶，那专注的神情，使我感到无事的欢喜。

唯有活在当下的人才可以无事，每一刻都尽情地、充分地、没有挂虑地去生活，活活泼泼、欢欢喜喜、全心全意。

一刻无事一刻清，一日无事一日好。

可叹的是，我们总是花时间去找事来烦。一清早，找份报纸来烦恼；上了班，在人事里烦恼；晚上，找台电视来烦恼；躺在床上思前想后，思念十年前的情人，猜测明年公司的方针。

饭吃得没有滋味，是没有全心地吃饭；工作做得没有力气，是没有欢喜地工作；睡眠不能安枕，是没有无心地睡眠。

吃饭无事，工作无事，睡眠无事。

真的，无事最可贵。

我刚学说话时，唱过一首台湾童谣。

“食饭也未？食饱也未？食饱紧去做工作。做工作也未？做好也未？做好紧去困棉被。困好也未？困饱也未？困饱紧去食碗（米果）。”

我唱这童谣给朋友听，唱歌配茶，觉得茶的味道真好。

吃饭是重要的，但吃饱饭就应该去工作，工作做好就去睡觉，我喜欢这童谣那种无心的态度，所以无事人并不是闲杂的人，反而是专心的无杂之人。

在禅宗里，把“无”当成圣旨一样。《无门关》里的第一则，就开宗明义讲“无”：

有一个和尚问赵州从谂禅师，“狗子还有佛性也无？”

赵州说：“无！”

无门慧开禅师的注解是：“参禅须透祖师关，妙路要穷心路绝。祖关不透，心路不绝，尽是依草附木精灵，且道，如何是祖师关？只有一个无字，乃宗门一关也。……将三百六十骨节、八万四千毫窍，通身起个疑团，参个无字，昼夜提撕，莫作虚无会，莫作有无会。”

无门禅师的意思是，“无”这个字是禅宗最重要的一个字，应该以全身的力量（包括每一个骨节毛孔），日夜地去参，却千万不要把“无”当成是“虚无”的无或“有无”的无。

无，是执着地破除与思虑的止息，而不是闲散的人。

无，是无心，是离开妄念的真心，是远离了分别、执着的自由境界，“若不起妄心，则能顺觉，所以云，无心是道”。

无，是无往，是不住留、执着一固定的实体，诸法念念不住，即得解脱。“无所住故，则非有无，非有无而为有无之本。”

无，是无我，是一切万法因缘生、因缘灭，没有一个固定的主体。破除我执，则得自在。

无，是无念，是虽修万行，觉诸相空，心自无念，念起即觉，觉之即无。“一念不起，即十八界空，即身便是菩提华果，即心便是灵智。”

“无”这个字是那么高超、那么伟大，几乎是凡夫所不能企及的。我们或者难以进入那么高的境界，但在生活中体会无事的可贵也不是那么难的。

我端起一杯茶来对朋友说：“现在，让我们全心地来品味这杯茶，过去的烦扰已经过去了，未来的烦恼尚未发生，仅此一念，又有什么事呢？”

无门慧开曾写过一首名诗：

春有百花秋有月，夏有凉风冬有雪。
若无闲事挂心头，便是人间好时节。

这应该作为所有无事人的座右铭。

其实每天的生活也真像一杯茶，大部分人的茶叶和茶具都很相近，然而善泡者泡出更清香的滋味，而善饮者饮到更细腻的消息。

依照我的经验，只有在无事时泡出的茶最甘美，也唯有无事时喝的茶最有味。可惜的是，大部分人泡茶时是那么焦渴，在生命里也一样的焦渴呀！

沩山灵禅师曾把悟道的人称为“无事人”就是这个道理，他说：“夫道人之心，质直无伪、无背、无面、无妄诈心行，一切时中，视听寻常，更无委曲，亦不闭眼塞耳，但情不附物，即得。……譬如秋水洞，清净无为，澹泞无碍，唤他做道人，亦名无事之人。”

无事的人去除了生命的焦渴，像秋天的潭水，那样澄明幽静、清澈无染，明白没有挂碍。

“无事不是小言哉！”无事是伟大的事。

枯叶蝶的最后归宿

秋日在林间散步，无意走进一片人迹杳见的阔叶林中，满地铺满了厚厚的落叶，黑的、褐的、灰的、咖啡的，以及刚刚落下的黄的、红的、绿的叶片，在夕阳的光照里，形成了一片绵延的泼墨彩画。

树叶虽然凋零了，却自始至终都是如此美丽。

那彩叶，使我忍不住坐在一个枝头上，轻轻地赞叹。

突然看见，一片枯叶在层层叶片中蠕动着。

凝视，才知道是一只枯叶蝶。

枯叶蝶在枯叶堆中是寻找什么呢？这个念头使我感到兴味盎然，静静地观看。没有想到，枯叶蝶就在这个时候颓倒，抽搐了几下，不动了。

枯叶蝶竟然就这样死去了。这一生都在形塑自己成为一片枯叶的蝴蝶，最后真的化为一片枯叶。如果不是我亲眼目睹，相信无人能在一大片枯叶里，寻找出一只蝴蝶的尸身。

我把枯萎的蝴蝶捧在手上，思及枯叶蝶是一生站立或者飞翔在枯叶与蝴蝶的界限上。如果说它是执着于枯叶，那是对的，否则它为什么从形状、颜色、姿势都形成一片叶子；如果说它是执着于蝴蝶的生命，那也是对的，拟态枯叶只是为了保护它内在的那一只蝴蝶。

如今，它终于打破界限了，它终于放下执着了，它还原，而且完整了。

我们谁不是站立在某一个界限上呢？很少有人是全然的。从左边看也许是枯叶的，右边看却是蝴蝶；飞翔时是一只蝴蝶，落地时却是枯叶。

在飞舞与飘落之间，在绚丽与平淡之间，在跃动与平静之间，大部分人为了保命，压抑、隐藏、包覆、遮掩了内在美丽的蝴蝶，拟态为一片枯叶。

最后时刻来临，众人走过森林，只见枯叶满地，无人看见蝴蝶。

禅行者一旦唤醒内心的蝴蝶，创造了飞翔的意志，就不再停止飞行，不再压迫内在的美丽。他会张开双眼看灿烂的夕阳，他会大声念诵十四行诗，他会侧耳倾听繁花的歌唱，他会全身心进入一朵玉兰花香。

最后，或许也会颓倒在一片枯叶林间。

他内心的蝴蝶却与初生时，一样美丽。

如果内心的蝴蝶从未苏醒，枯叶蝶的一生，也只不过是一片无言的枯叶！

来自心海的消息

几天前，我路过一座市场，看到一位老人蹲在街边，他的膝前摆了六根番薯，那番薯铺在面粉袋上，由于是紫红色的，令人感到特别的美。

老人用沙哑的声音说："这番薯又叫山药，在山顶掘的，炖排骨汤很补，煮汤也可清血。"

我小时候常吃番薯，就走过去和老人聊天，原来老人住在坪林的山上，每天到山林间去掘番薯，然后搭客运车到城市的市场叫卖。老人的番薯一斤卖四十元，我说："很贵呀！"

老人说："一点也不贵，现在野生番薯很少了，有时要到很深的山里才找得到。"

我想到从前在物质匮乏的时候，我们也常到山上去掘野生的番薯，以前在乡下，番薯是粗贱的食物，没想到现在竟是城市里的珍品了。

买了一个番薯，足足有五斤半重，老人笑着说："这番薯长到这样大要三四年时间呢！"老人哪里知道，我买番薯是在买一些失去的回忆。

提着番薯回家的路上，看到许多人排队在一个摊子前等候，好奇走上前去，才知道他们是排队在买番薯糕。

番薯糕是把番薯煮熟了，捣烂成泥，拌一些盐巴，捏成一团，放在锅子上煎成两面金黄、内部松软，是我童年时常吃的食物，没想到台北最热闹的市集，竟有人卖，还要排队购买。

我童年的时候非常贫困，几乎每天都要吃番薯，母亲怕我们吃腻，就把普通的番薯变来变去，有几样番薯食品至今仍然令我印象深刻，一个就是番薯糕，看母亲把一块块热腾腾的、金黄色的番薯糕放在陶盘上端出来，至今仍然使我怀念不已。

另一种是番薯饼。母亲把番薯弄成签，裹上面粉与鸡蛋调成泥，放在油锅中炸，也是炸到通体金黄时捞上来。我们常在午后吃这道点心，孩子们围着大灶等候，番薯饼一捞上来，边吃边吹气，还常烫了舌头，母亲总是笑骂："夭鬼！"

还有一种是在消夜时吃的，是把番薯切成丁，煮甜汤，有时放红豆，有时放凤梨，有时放点龙眼干。夏夜时，我们在庭前晒谷场围着大人说故事，每人手里一碗番薯汤。

那样的时代，想起来虽然辛酸，却有一种难以言说的幸福。我父亲生前谈到那段时间的物质生活，常用一句话形容：“一粒田螺煮九碗公汤！”

今天随人排队买一块十元的番薯糕，特别使我感慨，为了让我们喜欢吃番薯，母亲用了多少苦心。

卖番薯糕的人是一位少妇，她说来自宜兰乡下，先生在台北谋生，为了贴补家用，想出来做点小生意，不知道要卖什么，突然想起小时候常吃的番薯糕，就在糕里多调了鸡蛋和奶油，在市场里卖起来了。她每天只卖两个小时，天天供不应求。

我想，来买番薯糕的人当然有好奇的，但大部分基于怀念，吃的时候，整个童年都会从乱哄哄的市场，寂静深刻地浮现出来吧！

“番薯糕”的隔壁是一位提着大水桶卖野姜花的老妇，她站的位置刚好，使野姜花的香正好与番薯糕的香交织成一张网，我则陷入那美好的网中，看到童年乡野中野姜花那纯净的秋天！

这使我想起不久前，朋友请我到福华饭店去吃台菜，饭后叫了两个甜点，一个是芋仔饼，一个是炸香蕉，都是我童年时常吃的食物。当年吃这些东西是由于芋头或香蕉生产过剩，根本卖不出去，母亲想法子让我们多消耗一些，免得暴殄天物。

没想到这两样食物现在成为了五星级大饭店里的招牌甜点，价钱还颇不便宜，吃炸香蕉的人大概不会想到，一盘炸香蕉的价钱在乡下可以买到半车香蕉吧！

时代真是变了，时代的改变，使我们检证出许多事物的珍贵或卑贱、美好或丑陋，只是心的觉受而已，它并没有一个固定的面目。心如果不流转，事物的流转并不会使我们失去生命价值的思考；而心如果浮动，时代一变，价值观就变了。

克勤圆悟禅师去拜见真觉禅师时，真觉禅师正在生大病，膀子上生疮，疮烂了，血水直流下来，圆悟去见他，他指着膀上流下的脓血说：“此曹溪一滴法乳。”

圆悟大疑，因为在他的心中认定，得道的人应该是平安无事、欢喜自在，为什么这个师父不但没有平安，反而指说脓血是祖师的法乳呢？于是说：“师父，佛法是这样的吗？”真觉一句话也不说，圆悟只好离开。

后来，圆悟参访了许多当代的大修行者，虽然每个师父都说他是大根利器，但他自己知道并没有开悟。最后拜在五祖法演的门下，把平生所学的都拿来请教五祖，五祖都不给他印可，他愤愤不平，背弃了五祖。

他要走的时候，五祖对他说：“待你着一顿热病打时，方思量我在！”

满怀不平的圆悟到了金山，染上伤寒大病，把生平所学的东西全拿出来抵抗病痛，没有一样有用的，因此在病榻上感慨地发誓：“我的病如果稍微好了，一定立刻回到五祖门下！”这时的圆悟才算真实地知道为什么真觉禅师把脓血说成是法乳了。

圆悟后来在五祖座下，有一次听到一位居士来向师父问道，五祖对他说：“唐人有两句小艳诗与道相近：频呼小玉原无事，只要檀郎认得声。”居士有悟，五祖便说：“这里面还要仔细参。”

圆悟后来问师父说：“那居士就这样悟了吗？”

五祖说：“他只认得声而已！”

圆悟说：“既然说只要檀郎认得声，他已经认得声了，为什么还不是呢？”

五祖大声地说：“如何是祖师西来意？庭前柏树子！去！”

圆悟心中有所省悟，突然走出，看见一只鸡飞上栏杆，鼓翅而鸣，他自问道：“这岂不是声吗？”

于是大悟，写了一首偈：

金鸭香销锦绣帏，笙歌丛里醉扶归；
少年一段风流事，只许佳人独自知。

我很喜欢这个故事，特别是真觉对圆悟说自己的脓血就是曹溪的法乳，还有后来“见鸡飞上栏杆，鼓翅而鸣”的悟道。那是告诉我们，真实的智慧是来自平常的生活、是心海的一种体现，如果能听闻到心海的消息，一切都是道。番薯糕，或者炸香蕉，在童年穷困的生活与五星级大饭店的台面上，都是值得深思的。

圆悟曾说过一段话，我每次读了，都感到自己是多么的庄严而雄浑，他说：

山头鼓浪，井底扬尘；
眼听似震雷霆，耳观如张锦绣。
三百六十骨节，一一现无边妙身；
八万四千毛端，头头彰宝王刹海。
不是神通妙用，亦非法尔如然；

苟能千眼顿开，直是十方坐断。

心海辽阔广大，来自心海的消息是没有五官，甚至是无形无相。用眼睛来听，以耳朵观照，在每一个骨节、每一个毛孔中都有庄严的宝殿呀！

夜里，我把紫红色的番薯煮来吃，番薯煮熟的质感很像汤圆，又软又Q，想起很久很久以前在晒谷子的庭院吃番薯汤，突然看见一只鸡飞上栏杆、鼓翅而鸣。

呀！这世界犹如少女呼叫情郎的声音那样温柔甜蜜，来自心海的消息看这现成的一切，无不显得那样的珍贵、纯净，而庄严！

不是茶

日本茶道大师千利休，是日本无人不晓的历史人物，他的家教非常成功，千利休家族传了十七代，代代都有茶道名师。

千利休家族后来成为日本茶道的象征，留下来的故事不计其数，其中有三个故事我特别喜欢。

千利休到晚年的时候，已经是公认的伟大茶师。当时掌握大权的将军秀吉特地来向他求教饮茶的艺术，没想到他竟然说饮茶没有特别神秘之处，他说：“把炭放进炉子里，等水开到适当程度，加上茶叶使其产生适当的味道。按照花的生长情形，把花插在瓶子里。在夏天的时候使人想到凉爽，在冬天的时候使人想到温暖，没有别的秘密。”

发问者听了这种解释，便带着厌烦的神情说，这些他早就知道了。千利休厉声地回答说："好！如果有人早就知道这种情形，我很愿意做他的弟子。"

千利休后来留下一首有名的诗，来说明他的茶道精神：

先把水烧开，
再加进茶叶，
然后用适当的方式喝茶，
那就是你需要知道的一切，
除此以外，茶一无所有。

这多么动人！茶的最高境界就是一种简单的动作、一种单纯的生活，虽然茶可以有许多知识学问，但在喝的动作上，它却还原到非常单纯有力的风格，超越了知识与学问。也就是说，喝茶的艺术不是一成不变的，随着每个人的个性与喜好，用自己"适当的方式"，才是茶的本质。如果茶一成不变，也就没有"道"可言了。

另一个动人的故事是关于千利休教导他的儿子。日本人很爱干净，日本茶道更有着绝对一尘不染的传统，如何打扫茶室因而就成为茶道艺术极重要的传承。

传说当千利休的儿子正在打扫庭园小径时，千利休坐在一旁看着。当儿子觉得工作已经做完的时候，他说：“还不够清洁。”儿子便出去再做一遍，做完的时候，千利休又说：“还不够清洁。”这样一而再、再而三地做了许多次。

过了一段时间，儿子对他说：“父亲，现在没有什么事可以做了。石阶已经清洗了三次，石灯笼和树上也洒过水了，苔藓和地衣都披上了一层新的青绿，我没有在地上留下一根树枝和一片叶子。”

“傻瓜，那不是清扫庭院应该用的方法。”千利休对儿子说，然后站起来走入园子里，用手摇动一棵树，园子里霎时间落下许多金黄色和深红色的树叶，这些秋锦的断片，使园子显得更干净宁谧，并充满了美与自然，有着生命的力量。

千利休摇动的树枝，是在启示人文与自然和谐乃是环境的最高境界，在这里也说明了一位伟大的茶师是如何从茶之外的自然得到启发。如果用禅意来说，悟道者与一般人的不同也就在此，过的是一样的生活，对环境的观照已经完全不一样，他能随时取得与环境的和谐，不论是在秋锦的园地或瓦砾堆中都能创造泰然自若的境界。

还有一个故事是关于千利休的孙子宗旦，宗旦不仅继承了祖父的茶艺，对禅也极有见地。

有一天，宗旦的好友京都千本安居院正安寺的和尚，叫寺中的小沙弥送给宗旦一枝寺院中盛开的椿树花。

椿树花一向是极易掉落的花，小沙弥虽然非常小心地捧着，花瓣还是一路掉下来，他只好把落了的花瓣拾起，和花枝一起捧着。

到宗旦家的时候，花已经全部落光，只剩一枝空枝，小沙弥向宗旦告罪，认为都是自己粗心大意才使花落下了。

宗旦一点也没有怨怪之意，并且微笑着请小沙弥到招待贵宾的“今日庵”茶席上喝茶。宗旦从席床上把祖父千利休传下来的名贵的国程寺花筒拿下来，放在桌上，将落了花的椿树枝插于筒中，把落下的花散放在花筒下，然后他向空花及空枝敬茶，再对小沙弥奉上一盅清茶，谢谢他远道赠花之谊，两人喝了茶后，小沙弥才回去向师父复命。

宗旦是表达了一个多么清朗的境界！花开花谢是随季节变动的自然，是一切的“因”；小和尚持花步行而散落，这叫作“缘”；无花的椿枝及落了的花，一无价值这就是“空”。

从花开到花落，可以说是“色即是空”，到因宗旦能看到那清寂与空静之美，并对一切的流动现象，以及一切的人抱持宽容的敬意，他把空变成了一种高层次的美，使“色即是空”变成“空即是色”。

对于看清因缘的人，“色不异空”“空不异色”也就不是那么难以领会了。

老和尚、小沙弥、宗旦都知道椿树花必然凋落，但他们都珍惜整个过程，这就是我们常说的“惜缘”，惜缘所惜的并不是对结局的期待，而是对过程的宝爱呀！

在日本历史上，所有伟大的茶师都是学禅者，他们都向往沉静、清静、超越、单纯、自然的格局，一直到现代，大家都公认不学禅的人是没有资格当茶师的。

水中的蓝天

开车从莺歌到树林，经过一个名叫“柑园”的地方，看到几个农夫正在插秧。由于太久没看到农夫插秧了，再加上春日景明、大地辽阔，使我为那无声的画面感动，忍不住下了车。

农夫弯腰的姿势正如饱满的稻穗，一步一步将秧苗插进水田，并细致敬谨地往后退去。

每次看到农人在田里专心工作，心里就为那劳动的美所感动。特别是插秧的姿势最美，这世间大部分的工作都是向前的，唯有插秧是向后的，也只有向后插秧，才能插出笔直的稻田。那弯腰退后的样子，总使我想起从前随父亲在田间工作的情景，生起感恩和恭敬的心。

我站在田岸边，面对着新铺着绿秧的土地，深深地呼吸，感觉到春天真的来了，空气里有各种薰人的香气。刚下过连绵春雨的田地，不仅有着迷蒙之美，也使得土地湿软，种作更为容易。春日真好，春雨也好！

看着农夫的身影，我想起一首禅诗：

手把青秧插满田，
低头便见水中天；
六根清净方为道，
退步原来是向前。

这是一首以生活的插秧来象征在心田插秧的诗。意思是唯有在心田里插秧的人，才能从心水中看见广阔的蓝天，只有六根清净才是修行者唯一的道路；要走入那清净之境，只有反观回转自己的心，就像农夫插秧一样，退步原来正是向前。

站在百尺竿头的人，若要更进一步，就不能向前飞跃，否则便会粉身碎骨。只有先从竿头滑下，才能去爬一百零一尺的竿子。

人生里退后一步并不全是坏的，如果在前进时采取后退的姿势，以谦让恭谨的方式向前，就更完美了。

“前进”与“后退”不是绝对的。假如在欲望的追求中，性灵没有提升，则前进正是后退；反之，若在失败中挫折里，心性有所觉醒，则后退正是前进。

农人退后插秧，是前进，还是退后呢？

记得从前在小乘佛教国家旅行，进佛寺礼拜，寺院的执事总会教导，离开大殿时必须弯腰后退，以表示对佛的恭敬。

此刻看着农夫弯腰后退插秧的姿势，想到与佛寺离去时的姿势多么相像，仿佛从那细致的后退中，看见了每一株秧苗都有佛的存在。

“青青秧苗，皆是法身。”农人几千年来就以美丽谦卑的姿势那样地实践着。那美丽的姿势化成金黄色的稻穗，那弯腰的谦卑则化为累累垂首的稻子，在土地中生长，从无到有、无中生有，不正是法身显化的奇迹吗？

从柑园的农田离开，车子穿行过柳树与七里香夹道的小路，我的身心爽然，犹如山间溪流一样明净，好像刚刚在佛寺里虔诚地拜过佛，正弯腰往寺门的方向退去。

空中的蓝天与水中的蓝天一起包围着我，从两颊飞过，带着音乐。